Who is the strongest?

code name
氷刃

code name
草原

code name
忘我

スパイ教室 短編集03

ハネムーン・レイカー

竹町

ファンタジア文庫

3247

口絵・本文イラスト　トマリ
銃器設定協力　アサウラ

SPY ROOM

the room is a specialized institution of mission impossible

honeymoon raker

CONTENTS

CHARACTER PROFILE

愛娘
Grete

ある大物政治家の娘。
静淑な少女。

花園
Lily

僻地出身の
世間知らずの少女。

燎火
Klaus

『灯』の創設者であり、
「世界最強」のスパイ。

夢語
Thea

大手新聞社の
社長の一人娘。
優艶な少女。

氷刃
Monika

芸術家の娘。
不遜な少女。

百鬼
Sibylla

ギャングの家に
生まれた長女。
凛然とした少女。

愚人
Erna

元貴族。事故に頻繁に
遭遇する不幸な少女。

忘我
Annett

出自不明。記憶損失。
純真な少女。

草原
Sara

街のレストランの娘。
気弱な少女。

Team Otori

凱風
Queneau

鼓翼
Culu

飛禽
Vindo

羽琴
Pharma

翔破
Vics

浮雲
Lan

プロローグ　ムーン・レイカー伝承

月が沈もうとしている。微《かす》かに欠けた、月。それが浮かぶ西の空に、血に濡《ぬ》れる右腕を伸ばす。指先は何も触れられず、空を切る。

男の低い声が届いた。

「月を摑《つか》もうとしたか？　とうとう錯乱したか」

フードで顔を隠している長身の男は、少し離れた場所に立っていた。

「この国にはこんな言葉がある――月をかき集める者《ムーン・レイカー》」

上機嫌に声は続いた。

「池に映った月を熊手でかき寄せる愚か者――まさに今のお前ではないか」

届く冷ややかな言葉に、どう答えたものか分からない。身体《からだ》を満たしていく感情を言語化するのに時間がかかり、長い溜《た》め息を吐き出した。

自身は今、仰向けに倒れている。左腕からは夥《おびただ》しい量の血が溢《あふ》れ出て、感覚がない。

あるのは不思議な使命感。かき集めなくてはならない。あの夜に見上げた月の欠片《かけら》を。

1章 caseファルマ

朝が訪れる。

カーテンから差し込む朝日に導かれるように、サラは身体を起こす。うーん、と腕を大きく伸ばし、ベッドから降りて行った。昨晩甘えるようにベッドへ入ってきた仔犬《こいぬ》のジョニーは、いまだ毛布に包《くる》まったままだ。

『草原《そうげん》』のサラ——小動物を彷彿《ほうふつ》させるくりくりした瞳と、パーマ気味の茶髪の少女。

彼女はパジャマを脱ぐと、擬態用の学校制服に着替えていった。リボンをピンと伸ばし、最後にトレードマークのキャスケット帽を深く被《かぶ》ると、部屋から出た。

顔を洗おうと洗面所に立ち寄ったところで、大きな胸と愛らしい容姿が特徴の銀髪の少女——『花園《はなぞの》』のリリィの姿を見かけた。

「リリィ先輩。おはようございます」

「あ、サラちゃん」

挨拶をすると、彼女は溢れんばかりの微笑《ほほえ》みで返してきた。

珍しいな、とついサラは考える。普段のリリィは寝坊しがちだ。まさか朝七時の時点で起きているなんて。

「ふふっ、今日は早いっすね」

笑いかけると、リリィは、ふふーん、と鼻を鳴らした。

「そりゃあそうですよ！　休暇ですもん！　遅起きはもったいないです！」

――休暇。

スパイの長期任務後に与えられる二週間ほどの休みだ。危険と隣り合わせである少女たちにとって、休養は必要不可欠。身体を休ませ、英気を養わねば、精神が保《も》たない。

少女たちは龍沖《ロンチョン》と呼ばれる極東の国で任務を果たしたばかりだった。

「そうっすねー、やっぱり休暇は良いっすよねぇ」

サラも上機嫌に返す。

休暇期間はもちろん、各々《おのおの》が自由に過ごしていい。旅行も読書も芸術鑑賞も全てが認められている。スパイは高給なので資金も潤沢。二週間たっぷり豪遊するのもいいだろう。

そう！　まさに今は、素晴らしいバラ色の休暇の真《ま》っ只中《ただなか》！

のはずなのだが――。

「あれ？　今、頭に妙な痛みがあったっす」サラが顔をしかめる。

「んん？　わたしも変な記憶が混ざったような……」リリィが首を傾《かし》げる。

頭によぎったノイズに、少女たちは唸《うな》る。

起床直後ということもあって、頭がうまく働かない。

良からぬ記憶を呼び覚ましそうになった。そう、それは休暇初日に『灯《ともしび》』のボスであるクラウスから伝えられた、休暇が無茶苦茶になりかねない通達だった気もするが――。

二人は同時にぶんぶんと首を横に振った。

「き、気のせいっすよ。休暇を満喫しましょう」

「それもそうですね！　あらゆるしがらみから解放される。それが休暇ですもん！」

「恐《こわ》い出来事なんて起こらないっすよね」

「ええ、もちろん！　幸せに溢れていますよ！」

「休暇初日に何もなかったっす！」

「はい、何もありませんでした！」

誤魔化すような会話を交わし、少女たちは洗顔の後、食堂へ降りていく。昨晩のうちに美味《おい》しいパンを多めに焼いておいた。バターの香るパンを温め直して頬張れば、これからの幸せな休暇のスタートは確保されるのだ。

少女たちは食堂の扉を開ける。

テーブルには、少女たちが楽しみにしていたパンを喰《く》らう、目つきの悪い青年がいた。

「ん。今、起きたのか。『灯』の女ども。邪魔しているぞ」

「「なんかいるうううううううううううううううううううううっ！」」

サラとリリィの絶叫が響いた。

◇◇◇

――世界は痛みに満ちている。

世界大戦後、各国がスパイを用いた謀略で鎬《しのぎ》を削り合う時代――小国・ディン共和国もまた諜報《ちょうほう》機関を設立し、スパイを世界中へ派遣していた。

『灯』もその一つ。男一人と、スパイ養成学校の落ちこぼれ八人で編成されたスパイチームである。ボスである男・クラウスの指導の下、メンバーの少女たちは訓練をこなし、不可能任務と呼ばれる高難度任務に挑んでいた。

一方、極東の地で出会ったチーム『鳳《おおとり》』は、『灯』と対照的な集団だった。メンバーは、国内の全養成学校で行われた卒業試験の成績上位者。三千人のトップ6。紛れもないエリート集団である。

運命のように導かれた二つのチームはクラウスを巡ってぶつかり合った後、和解に至る。

その後別れ、しばらくは会わないだろうと誰もが考えていた。

しかし、休暇初日にクラウスが言い出したのだ。

『「鳳」に訓練をつけたい』

『鳳』はクラウスをボスに据える権利を得ながら、『灯』のために放棄した。その借りを返すために彼は『鳳』を陽炎《かげろう》パレスに招いていたのだ。

彼が行う訓練――『僕を倒せ』。

最初訝《いぶか》しんでいたエリートたちだったが、半信半疑でクラウスに挑むと、見事に惨敗《ざんぱい》を喫した。プライドを著しく傷つけられたらしく、翌日も陽炎パレスを訪れて惨敗し、以降もそのサイクルを繰り返すことになる。ほぼ毎日来る様は、執念、と言うに等しい。

『鳳』はストーカーと化した。

龍沖からの帰国後から『鳳』がフェンド連邦に発《た》つまでの一か月間。

二つのスパイチームによる「蜜月」とも言える交流期間はかくして始まったのだ。

◇◇◇

食堂でパンを齧《かじ》っていたのは、『飛禽《ひきん》』のヴィンド。

ブラウン髪の目つきが鋭い男だ。三千人以上いる養成学校の生徒でナンバー1の成績を誇った俊英で、いまや『鳳』のボス。同世代では突出した実力の有望な若手スパイだ。

そして今や最も頻繁に『灯』の拠点を訪れる、ストーカーの筆頭である。

傍《かたわ》らには、翡翠《ひすい》色の髪をポニーテールにした少女――『鼓翼《こよく》』のキュールもいる。丸メガネをかけ、普段はいかにも優等生じみた余裕のあるスマイルを浮かべている。養成学校全生徒のナンバー4の人物。

今の彼女はすまなそうに「……いつもごめんね」と頭を下げていた。

リリィとサラは、必死に忘れようとしていた記憶を思い出し、頭を抱えていた。

そう、彼らこそが楽しい休暇を壊しにくる侵略者である。『鳳』のエリートたちは基本、少女たちの都合も考えずにやってくるのだ。

やがて他の少女たちもぞろぞろと食堂に降りてきては、当然のように居座るヴィンドたちを見て「うわ、もういる……」と白い目を向ける。

ヴィンドは黙殺し、パンを食べ続けている。朝早くから既にいたようだ。

「というか、暇なんですね、ヴィンドさん……」

リリィが憐《あわ》れみの目を向けると、彼は睨《にら》みを利《き》かせてきた。

「暇じゃない。クラウスと訓練をこなしているだけだ」

「でも、初日に負けて以降、毎日来ていますよね」

「今朝も二度、敗北したところだ」

「もう二回、負けてるっ？」

「今は腹ごなしだ。あぁ、厨房《ちゅうぼう》にあったものを頂いたぞ？　感謝する」

「わたしたちの朝食がああああっ⁉」

健啖《けんたん》家である彼は、厨房にある食材をよく無断で食べ尽くしていく。盗み食いするように隠れる様子もなく、堂々と平らげていくのだ。

リリィたちが昨晩焼いたパンは、ほとんど無くなっていた。

キュールが「……ごめん、ワタシは止めたんだけどね」と再度頭を下げる。

もちろん、少女たちが言えるのは一つである。

「「「「「「「帰れよっ‼　『鳳』ゴーホームっ‼」」」」」」」

もはや定番となりつつあるフレーズである。

ちなみに玄関には『「鳳」お断り』の札が掲げられているが、毎度無視されている。

少女たちの「帰れ」コールに対しても、ヴィンドは涼し気な顔だった。

「ところで、今日はもう一個別件があるんだ」

「ん？」

「ファルマ、お前の口から説明しろ」

一方的に彼は話を進め、自身の隣を顎で示した。

よく見れば、食堂にはもう一人いた。ヴィンドとキュールの陰に隠れるように身を屈《かが》め、両手でくるみ入りのパンに齧りついている。

大人びた女性だった。『灯』の少女たちより、少し年齢は上かもしれない。ほとんど手入れをしていないだろう、ボサボサに伸びた髪に、程よく贅肉《ぜいにく》のついた、ふくよかな身体《からだ》。眠そうな瞳からも、どことなく「怠惰」な雰囲気を漂わせている。

「あー、お邪魔しているねぇ」

彼女は、にこにことした表情で手を振った。

「ファルマだよぉ。初めましての人も多いかなぁ」

『鳳』の一員だ。『羽琴《はこと》』のファルマ――養成学校全生徒のトップ5。

龍沖では存在を隠されていたこともあって、ほとんど『灯』とは接点がなく、謎に包まれた人物である。モニカと闘ったらしいが、特技などは判明していない。

リリィたちが見つめていると、彼女は大きく伸びをした。

「あー」

間延びした声である。

「今は美味しいパンを食べているからぁ、またあとでいーい？」

「「「食うな！」」」

「うぇぇぇっ？」

怒鳴りつけ、ファルマからパンを奪う少女たち。

「返してよぉ……！　ここ最近良い感じの宝石とか買いすぎて、金欠なのぉ。今日は朝食を抜いちゃったのぉ！」

ファルマは哀《かな》し気に訴えるが、そもそもパンを奪われているのは少女たちである。被害者面するな、と容赦はしない。

話が進まないね、と隣でキュールが息を吐いた。

「えぇとね、『灯』から人を借りたいんだ」

結局、彼女が説明するらしい。

「ワタシたちが取り組んでいる任務に、ちょっと人手が足りていないんだよね。今晩、何人かファルマさんに付き合ってくれないかな？」

「えっ？」

　思いがけない提案だった。まさかエリートたちから頼み事をされる日が来ようとは。

　冗談かと思ったが、ヴィンドが真剣な目で補足する。

「クラウスには既に話を通してある。成功報酬も振り込まれる。大体のことはファルマが行うし、お前たちは一晩、レストランで美味《うま》い飯を食うだけだ。頼めないか？」

「そーいうことぉ。おねがーい」

　続いてファルマも両手を合わせて、頭を下げてくる。

「こんなことお願いできるのはねぇ、『灯』の人たちだけなのぉ」

　かなり切迫しているらしい。

『灯』の少女たちから動揺の声が漏れた。

　前述の通り、『灯』は落ちこぼれ集団だ。一応スパイの世界で活躍しているが、養成学校時代の劣等感を抱き続けている少女も多い。特に『鳳』とは龍沖で実力差を何度も見せつけられていた。

　そんな彼らが自分たちを頼ってくれるのは悪い気はしない。

「ま、まぁ、助けを求められては仕方がありませんねぇ」

つい口元を緩めるリリィ。

「これから休暇を楽しむにも、お金はあった方がいいですし、スパイとして同胞の頼みは断りませんよ。皆さんはどうです？」

他の少女たちも肯定的なリアクションだった。さきほどの怒りはすっかり忘れたように

「まー、構わねぇけど」「そこまでお願いされたら、ねぇ」と嬉《うれ》しさと照れ臭さを滲《にじ》ませている。

「ありがとぉ！」

ファルマが嬉しそうに立ち上がり、少女たちの手を順番に握っていく。距離感が近い。

「ふふん、では『鳳』を救う超大型助《すけ》っ人《と》・リリィちゃんの出番ですね！」

リリィは自身の胸を、どん、と叩《たた》いた。

「頼まれた仕事は請け負いますよぉ！　不可能を可能にするのが、わたしたち『灯』です。さぁ『鳳』を救ってあげま――」

「あ、キミは大丈夫」

素っ気なくリリィを無視して、ファルマは後方にいる少女たちに視線を送った。騒がしい少女たちに隠れて、成り行きを見守っていた三人。

『愚人《ぐじん》』のエルナ――人形のような可憐《かれん》な容姿に長い金髪の少女。生来の人見知りを発揮

して、怯《おび》えた表情でファルマたちを見つめている。

『忘我《ぼうが》』のアネット――大きな眼帯と、乱雑に縛り上げている灰桃髪《はいももがみ》の少女。食堂にいる闖入《ちんにゅう》者を面白そうに観察している。

そして、彼女を守るように立っていた『草原』のサラ。

「エルナちゃん、アネットちゃん、サラちゃん、よろしくね」

「「「…………？」」」

三人は同時に首を傾《かし》げる。

指名されたのは『灯』では低年齢のメンバーだった。

エルナとアネットは十四歳。サラは十五歳。強力な特技を秘めており裏方での謀略を得意とする三人ではあるが、精神面に不安が残り、表に立つには危なっかしいことも多い。

――なぜファルマは彼女たちを指名するのか。

疑問はあるが、「助かったよぉ。ありがとうねぇ」とファルマは心から安堵《あんど》するように胸を撫《な》で下ろしている。

今更引き返せなかった。

◇◇◇

ファルマはエルナとアネットに着替えるよう、指示を出した。任務のための洋服は既に彼女が買ってきていた。

サラに関しては「楽な私服で大丈夫だよ」ということらしいので、以前ティアに用意してもらったブラウスと萌黄色のスカートの装《よそお》いに着替えた。

気恥ずかしい心地でサラが広間に向かうと、待っていたファルマが「あー、サラちゃん可愛《かわい》い」と微笑《ほほえ》んだ。

サラはどう反応を返せばいいのか、分からなかった。

複雑な心境だった。これからエリートと任務に挑むというシチュエーション以上に、サラを困惑させる要素があったのだ。

「あ、あのぉ」おずおずとサラが尋ねる。

「ん？　なぁに？」

「――『投影《とうえい》』さんっすよね？　離島の養成学校にいた」

「そうだよぉ。コードネームは変えたんだぁ」

ファルマが首肯した。

そう——サラとファルマは同じ養成学校出身だった。

龍沖で二人が対面したのは別れ際《ぎわ》なので、声はかけなかったが、サラは気が付いていた。

サラが二年間過ごした養成学校でトップに君臨し続けていた女性である。

当時は『投影』という名だったが、『鳳』に加わるタイミングで『羽琴』に変えたらしい。そういえば『鳳』のメンバーのコードネームには統一感がある。

「サラちゃんのこと、覚えているよぉ」

彼女もまた気づいていたらしい。

「よく泣いていたよねぇ。砂浜の片隅で」

「…………っ」

事実を指摘され、サラは、うっ、と声を詰まらせる。

面倒くさがりではあるが抜群の演技力や射撃技術があったファルマに比べ、サラは何をやらせてもダメだった。実家にも戻れず、毎日一人で泣きじゃくっていた。

ファルマはそんな自分を覚えていたらしい。

「……あ、ごめんね。触れてほしくなかったかなぁ」

何かを察したように彼女は両手を振った。

「とにかく来てくれてありがとうねぇ、サラちゃん。助かったよぉ」

「い、いやっ！　ファルマ先輩が、自分なんかにお礼を――」

目を丸くして、後退するサラ。

養成学校の宿舎で尊敬を集めていたファルマが、孤立していたサラに頭を下げているなど、当時を知る者が見れば腰を抜かす光景に違いない。

――住む世界が違いすぎる。

サラにとって、ファルマは雲の上の存在だった。養成学校時代は話しかけることさえ憚《はばか》られた。

ただただ恐縮していると、広間に新たな人物たちが飛び込んできた。

「俺様っ、着替えてきましたっ！」

「エルナ、いつもよりクールなの」

着替えを終えたアネットとエルナである。

意外なチョイスだった。道具を収納するため普段スカートを選びがちな彼女たちだが、珍しくショートパンツ。二人とも白い太ももを外に晒《さら》している。上は、同種色違いのシャツとサスペンダーを着けており、エルナが黄を基調としたもの、アネットが桃色を基調としたチョイスだ。流行に敏感な都会の少女がよく着ている装い。

「あー、とっても良い感じだよぉ」

ファルマは上機嫌だった。

「これなら、うまくいきそう。やっぱり『灯』に頼ってよかったぁ」

「確かに、可愛いっすねぇ」

サラもまた頬を緩めつつ、アネットとエルナの頭を撫でる。二人は面映ゆそうに「にゃー」「のー」と心地よさそうに目を細めた。

その後にずっと気になっていたことを尋ねた。

「え、えぇと、ファルマ先輩。ちなみに任務ってどんな内容なんすか？」

さすがに身構えてはいる。

ファルマのような実力者が、わざわざ『灯』を頼るような任務とは何なのか。ヴィンドはただ飯を食うだけ、と説明したが。

「えー？　もう聞きたいのぉ？」

なぜか、はぐらかすファルマ。

サラはすぐ「教えてほしいっす」と言うと、「合コンだよ」と答えが返ってきた。

「え？」

「今からこの四人で合コンに行くんだよぉ」

アネットとエルナは単語の意味が分からないのか、首を傾げている。

サラの場合は、単語の意味を聞かされても尚《なお》理解できなかった。

要は男女の出会いの場だ。その人数合わせに自分たちが呼ばれたとして、なぜ、幼い容姿の者を選んだのか。

ファルマは笑顔を浮かべている。

「これからね、ファルマたちはロリコンの議員さんを接待するんだぁ」

それを聞いて、なおアネットは首を傾げているが――。

「んんんんんんんんんんんんんんんんっ⁉」

サラとエルナは悲鳴をあげた。

◇◇◇

ファルマは説明してくれた。

――先日、陸軍情報部がある少年をスパイ容疑で拘束した。彼はどこかから多額の支援金を受け取り、政治工作に励んでいたのだ。その一つが港町アランクのリド・ヤーン市議会議員に対する支援。記者を脅迫してスキャンダルを揉《も》み消し、選挙でライバル候補を流言飛語で潰していた。

彼には多くの仲間がいるようだった。

だが、それらの情報を吐かせる前に、その少年は尋問に耐えられず衰弱死してしまった。

陸軍情報部の失態だった。

——陸軍に拘束された少年は何者なのか？

——他国のスパイなのか？　ヤーン議員自身は関与しているのか？

対外情報室は、陸軍情報部に任せても埒《らち》が明かないと判断。新進気鋭のスパイチーム『鳳』にミッションを下した。

「で、ヤーン先生ってどうやら小さい女の子が大好きみたいでねぇ。一緒にお酒でも飲ませてあげれば、いくらでも口が軽くなると思ってぇ」

と明るく説明してくれたファルマ。

事情は分かった。

が、合コンというのは、少女たちにとって極めて高いハードルだ。

「絶対、無理っすよぉおぉ！　合コンなんてハードルが高いっす！」

「エ、エルナ……よく分からないけど、恐ろしい気がするの！　初対面の人と話すのは得意じゃないの！」

ファルマに案内されたレストランで、サラとエルナは震えていた。

個室で区切られた、落ち着きのあるレストランだ。普段から接待や密談に使われるらしく、照明は薄暗く、アダルトな空気感を漂わせている。ちらりとメニューを見れば、かなり高めの価格帯であり、普段ならば少女たちが決して近づかない店だ。

男性側はまだ到着していない。

サラは緊張の面持ちで席についていた。

一応、エルナとアネットにも「合コンとは何か」という説明は済ませてある。見知らぬ男と飲み食いを共にすると聞き、人見知りのエルナは気を失いそうになっていた。

アネットはいつも通りで「俺様、うまい飯が食えるなら、なんでもいいですっ」とご機嫌である。

さきほどファルマは、ヤーン議員を呼びに席を立った。

残されたエルナが不安そうにサラの服を掴《つか》み、小声で囁《ささや》いてくる。

（サ、サラお姉ちゃん、エ、エルナたちはどうすれば……）

（わ、分からないっす。もう逃げ出せないですし……）

年長者として支えてやりたいが、そんな余裕はサラにない。

頭を働かせ、希望的観測を述べる。

（で、でも危険な人じゃないかもしれないっすよ。一応議員さんですし……本当に美味《おい》しいご飯を食べるだけかも……）

（そ、そうなの！　エルナに一切話しかけないでいてくれる優しい人がいいの！）

（はい。ロ、ロリコンの方でも危ない人とは限らないっす）

（エルナも信じるの！　無事に帰りたいの！）

ちなみに「ロリコン」という単語も、エルナに教えてある。少女性愛者。

二人が戦々恐々とし、アネットがメニューを睨《にら》みつけていると、個室の扉が開いた。フアルマの隣には、一人の優しそうな男性が立っていた。

「初めまして、この街の市議会議員のリド・ヤーンです」

「「ひゃ、ひゃじめまして……っ」」

かけられた挨拶に上ずった声で答えるサラとエルナ。

想像よりも若々しい青年だった。元々三十八歳の男性と紹介されていたが、実際見てみると二十代でも通じそうなほど若く見える。身体《からだ》の線が細く、やや印象の薄い容姿ではあるが、笑顔は優し気で好感の持てる男だった。

「今日は来ていただき、ありがとうございます。緊張なさらず、思う存分ご飯を食べてくださいね。ここの食事代、ぼくが全額持ちますので」

ヤーンは正面の席に腰をかけ、少女たちに頭を下げた。

後に続く参加者がいないので、男性は彼一人らしい。出会いの場の飲み会というより、本当に彼のための接待のようだ。

続けて彼はファルマに頭を下げる。

「ファルマくんも、ありがとうございます。このような会を企画していただいて……娘を思い出すんです。彼女たちのような年の子と会うと、心が安らぐので……」

ファルマは「いえいえ」と言葉を返す。

彼女の設定は、いずれ政界進出を夢見る女子大生らしい。ヤーン議員の事務所のアルバイトであり、彼を労《ねぎら》うためにこの会を企画した――そんな形だ。

年のかけ離れた女性にも丁寧に頭を下げる辺り、ヤーンは悪い人物には見えない。

（も、物腰柔らかそうな人っすね……）

（な、なの。そうなの）

サラとエルナも小声で意見交換を済ませる。

第一印象は、まずまず、といったところ。

アネットがメニューから顔をあげた。

「俺様たち、お前の娘に似ているんですかっ？」

偉そうな発言に、一瞬サラたちはドキッとするが、ヤーンに怒る様子はなかった。

「はい、そっくりです。特に金髪と灰桃髪のお二人が」

彼はエルナとアネットに寂しげな視線を送る。

「八年前、妻とは離婚しましてね。親権は奪われてしまい、愛する一人娘との接触も禁じられてしまったのです。当時の娘がちょうど十二歳でしてね……だから時折、幼い女の子と話して、孤独を紛らわしているのです。恥ずかしい話ですが」

告げられた真実に、ん、と反応するサラとエルナ。

思いの外、切実な感情で開かれた会だったらしい。「ロリコン」や「接待」という単語から、偏った性的嗜好《しこう》を持った男が欲望を満たす会と早合点《はやがてん》していた。

――そう、世の中全てのロリコンが危険人物という訳ではない。

――最初から決めつけ、冷たい態度を取るのは失礼な行為かもしれない。

「はは、よく誤解されるんです。その度に周囲に説明しているのですが、やっぱり社会的に褒められた行為ではないので……」

誤魔化すようにヤーンが頭を掻《か》いた。

抱いていた偏見に、サラとエルナは反省した。

改めて彼の言葉を聞こうと、質問を投げかける。

「ちなみに、離婚は……」「な、なにがあったの？」

「ぼくの買春がバレました。毎晩、未成年の女の子を金で買っていたんです」

（やべえ奴《やつ》だったああああああああああああぁっ‼）

——もちろん、ヤバいロリコンも数多《あまた》存在する。

後に知らされる。リド・ヤーン市議会議員は未成年買春行為を金で揉み消すこと、四十三回。国会議員である親の財力で政治家になった——ド直球の危険人物である。

彼は、ドン引きする少女たちの反応に気づかず、ニコとファルマに向き合った。

「それでファルマくん、この子たちのプロフィールは？」

「好きですねぇ、ヤーン先生」

「一番大事なところから……年齢は？」

「全員、二十歳《はたち》です」

（無理があるっ！）

内心でツッコミを入れるサラとエルナ。

エルナとアネットは十四歳ではあるが、低身長ということもあり、十二歳程度にも見える。それより幾分サラは年上の容姿ではあるが、十五歳の年相応だ。

「…………………………」

ヤーンもまたおかしいと思ったのか、硬直した。不思議そうな目でエルナとアネットを見て、瞬《まばた》きをしている。

やがて頷《うなず》いた。

「……まぁ、そういうことにしておいた方が都合いいか」

（超やべえ奴だああああああああぁあああああああっ！）

再び戦慄するサラとエルナ。

目の前にいる人物は、絶対に少女たちが近づくべきではない存在だった。

「アネット」

エルナがすかさず隣にいるアネットに声をかける。

「ん？」

「目の前の男は、お前を『小さい女の子』と思っているの。バカにしているの」

この会を ぶっ壊す気らしい。

アネットが自身の身長を気にしているのは、サラとエルナにとって常識だ。そのコンプレックスを指摘された場合、彼女は暴走し、きっと店ごと爆破してくれる。

案の定アネットは、むっ、とした表情でヤーンを睨む。

「お前、俺様のこと、どう思っているんですかっ？」

「一人の女性として見ています」

「俺様、コイツは良い奴だと思いますっ！」

（絶対違う！）

まさかの回答でアネットの逆鱗《げきりん》に触れるのを回避。

ヤーンは、年下の少女の扱い方を心得ているらしい。一層心証は悪くなるが。

「ふふっ。ヤーン先生、楽しそうですねぇ」

隣に座るファルマに諌《いさ》める様子はない。おっとりした表情でただ静観し、人数分のドリンクを注文している。

彼女にヤーンの暴走を止める気配は感じられない。

帰りたくなるが、もう取り返しのつかない段階まで来ている。

「よぉしっ！　じゃあ、今日は羽目を外そうかなぁ！」

ヤーンはあからさまに興奮していた。酒を一滴も飲む前から顔が真っ赤だ。

「あぁ最高の気分だ！　しかもねぇ、今日はぼくの仲間も来てくれるんだ」

「仲間？　人が増えるんですかぁ？」

「うん、ぼくの初めての仲間さ！」

ファルマも知らない事実らしく、意外そうに首を傾《かし》げる。

ヤーンの仲間という時点で、もはや希望など持てない。

やめてくれ、と祈るサラたちを無視し、ヤーンは大声で説明しだした。

「昨日酒場で意気投合してね。彼も筋金入りだよ！　ぼくのセンサーが、間違いない、と反応している！　彼は凄《すご》いね。きっと行き場のない八人の少女を屋敷《やしき》に呼び同居させている、とかそんなレベルの男だよ。勘だけどね」

その時、個室の前に誰かが来る足音がした。

おぉ来た来た、とヤーンは頷き、楽しそうに扉を開けた。

「紹介しよう。ぼくのお仲間――クラウスくんだ！」

見覚えのある長身長髪の男が立っていた。

「「「「…………」」」」

唖然《あぜん》とし、沈黙する女性陣。

クラウスは「やぁ、ヤーくん」と軽い口調で声をかけ、ヤーンは「お疲れ、クラくん」

と返し、隣に座るよう誘導してくる。昨晩知り合ったらしいが、かなり親密らしく、楽し気に肩を叩《たた》き合っている。

少女たちは唖然としていた。

――『灯』のボスが、ロリコン仲間として合コンに参加している。

やがて人数分の飲み物が運ばれた。男性二人はビール瓶とグラス、ファルマはカシスオレンジ、サラたち三人は葡萄《ぶどう》ジュースを注文していた。

「か、乾杯するっす」

サラとエルナは頷き合うと、連携し、ヤーンのグラスにビールを注いだ。

「贊成なの……」

「「……ヤーン先生、どうぞ」」

彼は少女二人に差し出されたグラスを嬉《うれ》しそうに眺め、乾杯の後、豪快に飲み干していった。

かくして始まる、サラとエルナの人生初合コン。

その初手中の初手――男性のグラスに毒を盛っていた。

◇◇◇

開始五分。ヤーン、一時退場。

毒のエキスパート・リリィが調合してくれた下剤を盛られた彼は、すぐ顔色を悪くしてトイレに向かった。十五分以上は戻ってこられないはずだ。普段毒を使わないサラたちでも、薄暗い室内で素人《しろうと》を欺くくらいはできる。

男性がクラウスだけになったところで、アネットが尋ねた。

「クラウスの兄貴もロリコンってやつなんですかっ？」

「酷《ひど》い誤解をされているな」

クラウスが顔をしかめる。

彼はまた一口グラスに注がれたビールを飲んだ。

「僕もまた『鳳』とは別任務で、ある犯罪組織を追っていた。その末端の女性が今日この店に訪れるらしく、ヤーン議員と懇意になって潜伏することにしただけだ」

「俺様、面白いものが見れたと思いましたっ」

「頼むから面白がるな。あの男と話を合わせるのは、不愉快なことも多かった」

眉を顰《ひそ》めるクラウス。

アネットは運ばれた前菜をさっそく食べ始めながら、ケラケラと笑っている。

一方、サラは胸を撫《な》で下ろしていた。

「そ、そうっすよね。ボスに限って、合コンに参加する訳がないっすよね……」

多忙なクラウスが女遊びをする訳がないと理解していても、思わず戸惑ってしまった。

その心の動きをどう表現すればいいのかは分からないが。

ふぅ、と大きく息をつく。

「………」

視線を感じて横を向くと、ファルマは意外そうにサラを見つめていた。

あぁ、と彼女の口が動いた。

「……ふぅん、そういう感じかぁ。いいなぁ、青いなぁ。可愛《かわい》いなぁ」

なぜか口元をにやにやと歪《ゆが》め、眩《まぶ》しいものを見るような視線をサラに向けてきた。

一方クラウスは淡々と説明を続けている。

「まぁ、あの男は、僕が見張っておくよ。何も手出しはさせないさ。お前たちは気楽に飲み食いしていればいい」

実に心強いセリフだ。

エルナが嬉しそうに「それなら安心なの」と頬を緩め、アネットが「俺様、じゃんじゃん頼みますっ」と店員を呼びつけ、高そうな料理を片っ端から追加注文していく。

まるでいつもの『灯』の食事風景だ。

途端に雰囲気が和やかになり、サラも穏やかに笑うことができた。

「嬉しいっす。じゃあ、このまま楽しいお食事を――」

「えっ、忘れたんですかぁ？　これって合コンですよぉ？」

ファルマが目を丸くしながら、割って入るように主張する。

「「「ん……？」」」

サラやエルナだけでなく、クラウスも疑問を口にした。

嫌な予感がした。

が、サラたちが何かを言う前に、扉が開き、満面の笑みを浮かべてヤーンが戻ってきた。

既に調子を取り戻したようで「いやぁ、すまないねぇ」と言って、再び元の席に着く。見込みの半分の時間で復帰。異常な回復力だった。

「大丈夫ですかぁ、ヤーン先生」

　ファルマは彼を心配する素振りをしつつ、カバンから小さな箱を取り出した。

「余興にこんなクジ引きを用意しましたよ。どうですぅ？　1番を引いた人が、2番を引いた人に料理を食べさせてあげるというのは」

「おぉ！　それは楽しそうだ！　さすがファルマくん！」

　ヤーンは雄叫《おたけ》びをあげ、賛辞の拍手を送る。

　一方サラとエルナは（コイツ、マジか……っ！）と非難の視線を向ける。

　ファルマはあくまで合コンを遂行するようだ。

　彼女は箱の中に人数分のクジを入れると、ヤーンから回すように順々にクジを引かせていった。ヤーン、サラ、エルナ、アネットと箱を回し、ファルマは箱を再度振って、クラウスの前に差し出した。

「ほらぁ、クラウスさんもぉ」

「…………」

　彼は露骨に嫌な顔をする。

「……今、何か細工をしなかったか？」

「気のせいですよぅ？」

「箱の中には、一枚しかないように見えるが？　お前が引く分はどこだ？」

「んー？　なんにせよ、この会に参加される以上は当然引きますよねぇ？　まさかここに来て逃げるなんて興を削《そ》ぐ真似《まね》はしませんよねぇ？」

「…………」

クラウスは沈黙していたが、諦めたようにクジを引く。

乗り気ではないようだが、あくまでスパイとしての使命を全うするらしい。

最後にファルマがクジを引き（サラの角度からは袖から出したように見えたが）、全員が紙を開いた。

クラウスが「1」、サラが「2」だった。

楽しそうにファルマが立ち上がる。

「はーい、じゃあクラウスさんがサラちゃんにサラダを食べさせてくださぁい」

「えええええええっ⁉」

サラは瞬間的に顔が熱くなるのを感じつつ、頓狂な声をあげた。

ヤーンは「お、羨ましいねぇ！」と悔しそうに、クラウスの肩を叩いた。エルナとアネットは拳を握りしめ「サラお姉ちゃん」「俺様、応援していますっ」とエールを送る。

クラウスは白い目でファルマを睨《にら》んでいたが、やがて諦めたようにフォークを持って、テーブルに運ばれたばかりのカルパッチョサラダに突き刺した。

数枚のレタスを持ち上げ、クラウスは――。

「あーん、だ」

――とサラに向け、フォークを差し出してくる。

「～～～～～ッ‼」

心臓がバクバクと音を立てている。今自分がどれだけ顔を赤くしているのか、想像するだけで恥ずかしさが増した。

アネットとエルナが応援するような視線を向けてくる。サラもまた覚悟を決め、目をぎゅっと瞑《つぶ》り、口を開けた。

クラウスは丁寧に、レタスをサラの口に入れてくれた。

フォークが自分から離れた瞬間、サラは運ばれてきた葡萄ジュースを一気に飲み干した。身体《からだ》が熱くて仕方がなかった。

「あー、初々《ういうい》しいねぇ」

ファルマは楽しそうに笑っている。

「じゃあ、次のゲームは、ストローで間接キスがいいですかねぇ」

「お前、中々に良い性格しているな」

クラウスが呆《あき》れた視線をファルマに向けていた。

◇◇◇

その後いくつかの余興が続いたが、幸いサラたちが本気で不快となる展開にはならなかった。ファルマがヤーンに料理を食べさせたり、アネットとエルナがパンを食べさせ合ったり、当たり障《さわ》りのない会が続く。

結果アネットは終始ご機嫌な笑みで「俺様はもっとお肉が食べたい気分ですっ」と叫び、運ばれた料理を片っ端から平らげていた。エルナもいつになく食欲旺盛のアネットにつられるように料理をつまみ「すっごく美味《おい》しいの！」と舌鼓《したつづみ》を打っている。

時折ヤーンはクジ引きの結果を不服そうにしていたが、ファルマがうまくフォローをし、程よく焦《じ》らしていた。

ただ、なぜか二回に一回の高頻度でサラとクラウスの接触が生じた。クラウスの身体に腕を回したり、膝枕をしてもらったり、様々な指令が下され続けた。

（た、多分、何かを見透かされている気がするっす！）

その度に、ファルマからにんまりとした意味深な視線を受けていた。クラウスと触れる度に、顔を真っ赤にするサラを面白がっている。明らかに弄ばれている。

だが、とサラは思う。

（それが、この人の凄《すご》いところっすから）

彼女の力は何度か見たことがある。養成学校ではその力を遺憾なく発揮していた。

人間は、些細《ささい》なことで感情が動く動物だ。目の前の人物が拳を振り上げれば直感的に不安を感じ、手のひらを向けていれば友好的に感じる。グラスの置く位置を変えるだけで、対面する人間を快にも不快にもできる。

――ファルマは人の感情を操る術《すべ》に特化している。

自身の一挙手一投足で、場の空気さえも支配するメンタリスト。

「うーん、中々クジで当たりを引けないなぁ」

乾杯から一時間が経《た》った頃、ヤーンはうまくクジが引けず、さすがに不満が募ったようだ。困ったような目でファルマを見つめる。

「ねぇ、ここは一旦仕切り直して、場所を移動しない？　事前にホテルを予約しているんだ。クラくんはこれでお別れ、ということで――」

「あ、もういいです」

伸ばしてきた手を厳しく、ファルマは払いのけた。

「コードネーム『羽琴』──腐れ堕《お》ちる時間にするよぉ？」

個室の扉が開かれた。

扉の向こうには、目元を赤く腫らした長髪の少女が立っていた。何かを堪《こら》えるように唇を結び、強い眼差《まなざ》しでヤーンを見据えている。

「え………」

状況が理解できないのか、ヤーンは呆然《ぼうぜん》としている。

それはサラたちも同じだった。が、クラウスだけはすぐに察したように頷《うなず》いている。

「やはりか」

彼はファルマに視線を投げかける。

「僕が追っていた女性か。任務が重なっていたようだな」

「そういうことですよぅ」

問いかけに、ファルマはしたり顔で返した。

いまだヤーンは困ったように、ファルマと現れた少女の間を行き来するように視線を動かしている。突然冷や水を浴びせられたように目を白黒させていた。

「え、なんだい、この子は……？」

「何って可哀想《かわいそう》じゃありませんか」

ファルマは冷めた瞳で告げる。

「アナタが捨てた娘さんですよぉ？」


「――そうだよ、パパ」


扉の前に立つ少女が哀《かな》し気に口にした。

ヤーンの一人娘――確か一度話には出ていた。彼が八年前に離婚した際に別れた娘。当時が十二歳ならば、今は二十歳《はたち》か。「捨てた」というファルマの表現が彼の供述と食い違うが、おそらく正しいのは前者だろう。

クラウスが解説する。

「カチャ＝ユディ。ある厄介な犯罪組織の末端だな。他スパイとの接触、書類偽造、銃器や金の運び屋をさせられていた。体《てい》のいい使い捨ての駒だな」

「なんで、そんなこと……？」

訝《いぶか》し気な顔をするヤーン。

まるで他人事《ひとごと》のような態度だった。

「アナタを助けるためですよ」

厳しくファルマが告げる。

「不思議とは思わなかったんですか？　スキャンダルが揉《も》み消されたり、対抗馬が失脚したり――都合のいい出来事がいくつもあった」

「あ……」

「全ては娘さんのおかげです。アナタのためとそそのかされ、あらゆる犯罪の手伝いをさせられていた。とても献身的ですよね」

強く響く声だった。

「アナタが建前でも『娘を愛している』だなんて言い触らすから……！」

サラは、ヤーンの娘――カチャを見つめ、その狂信的な愛に胸が苦しくなった。

ヤーンが幼い少女と接する時に使う建前。

――愛する娘を思い出すから。

それを周囲に伝えていると彼自身も言っていた。本当にそう吐《ぬ》かし続けていたのだろう。

それが、実の娘であるカチャの耳にも入ったのだ。だから彼女は父の愛に応えた。接触禁止という定められたルールを、履行義務のない娘も守り続け、父を支え続けた。

ファルマは残念そうに首を横に振った。

「カチャさん、これで分かったでしょう？　アナタのお父さんは、娘など愛していません。それを建前に、未成熟の少女に手を出したいだけ。ただのクズです」

ファルマはカチャを抱くように、肩に触れた。

「どれだけ尽くしても、パパはアナタを愛しませんよ」

カチャの手には盗聴器が握られていた。

この合コンの会話を全て聞いていたようだ。それがこの合コンの目的だ。

——『籠絡《ろうらく》』。

それが『羽琴』の名を持つファルマが持ちうる特技の一つ。いかなる人物でも彼女の前では心を開き、秘めた感情を漏らしていく。

カチャは膝から崩れるように床に座り込み、涙を流し始めた。ファルマは彼女に寄り添うように背中を摩《さす》り続ける。おそらく今後、カチャは自身が行った過《あやま》ちを全て吐くだろう。慰めてくれるファルマに縋《すが》るような心地で。

一連の会話をヤーンは気まずそうに眺めていた。

「なんだか、すまないねぇ。ぼくのために」

八年ぶりの再会というのに、ヤーンの言葉は他人事のようだった。

妙な話に巻き込まれていたなぁ、と苦笑しながら頭を掻いている。ヤーンにとって、彼女は既に縁を切った他所《よそ》の娘なのだろう。

「えぇと？　カチャ？　しっかり獄中で取り調べに応じなきゃダメだよ？　犯罪組織を援助するなんて、とんでもない行為だなぁ。ダメじゃないか」

「気楽だな。お前も間もなく破滅するのに」

白々しいセリフに言い返したのは、クラウスだった。

「え？」

「お前がこれまで政治家でいられたのは、親の七光りと、捨てた娘の献身だ。娘がお前を見限った以上、お前の罪状はいくらでも出て来るさ」

「…………っ」

「お前自身には、犯罪組織との直接的関与はないようだ。が、僕にはそれ以上に不愉快な人物に思えるよ。同情の余地はない」

クラウスの言葉に、ヤーンはたじろいだ。待ち受ける破滅が想像できたのだろう。

助けを請《こ》うようにファルマやカチャを見つめるが、当然彼に救いの手を差し伸べる者はいない。この個室にいる者は、皆、彼に冷たい視線を向けている。

「う……」

彼は顔を俯《うつむ》けさせ、現実から目を背けるように、両手で顔を覆った。細かく頭を横に振っている。

「――っ！」

そして何を思ったのか、ヤーンはテーブルナイフを手に取った。強く握りしめ、テーブルの上に足を乗せ、傍観しているアネットとエルナへ腕を伸ばした。

人質を取る気だったか、単に暴れる気だったか。

判明はしない。サラの動きの方が早かったからだ。

「コードネーム『草原』――駆け回る時間っす！」

カバンに潜ませていた仔犬《こいぬ》が飛び出し、彼の右腕に齧《か》みついた。ヤーンは「くぁっ」と悲痛な叫び声をあげ、そのまま後ろに倒れるように尻もちをつく。

「エルナ先輩とアネット先輩には、手出しさせないっす」

サラは、二人の少女を守るように立ち、ヤーンを睨《にら》みつける。

彼とは直接的な関係はない。だが、周囲の人間を傷つけていく彼が腹立たしかった。

「謝ってください。これまでアナタが傷つけた人たちに！」

サラはそう怒鳴りつけた。

◇◇◇

一騒動はあったが、任務は恙《つつが》なく終了した。

気絶させたヤーンを放置して、店を出る。

途中ファルマとクラウスが囁《ささや》くような声で会話をしていた。

「例の少年の交友関係を探っていたらカチャさんに行きついたんです。彼女はやはり……」「あぁ奴らに目を付けられた。扱いやすい駒だったろう」「……許せませんね」「いずれあの議員も手駒にする気だったはずだ。この町で活動するために。僕が得た情報を渡しておく。これは『鳳』が担《にな》う任務となるはずだ」「はい、ヴィンドに伝えておきます」

詳細はよく分からないが、ひりつくような真剣味が伝わってくる。まだまだ『鳳』の任務は続くらしい。普段より低いファルマの声がそれを物語っている。

が、そこはもうサラたちの領分ではない。

ファルマは店外に出たところで、くしゃっと表情を緩めていた。

「ありがとうねぇ、今日はとても助かっちゃったぁ。それじゃあ、また明日ねぇ」

笑顔で手を振りながら告げてくる。

明日も陽炎パレスに来るんすね、と苦笑しながら、サラたちはファルマと別れる。

クラウスもまた一仕事残っているらしく、陽炎パレスへの帰り道は少女たち三人となった。心地よい達成感に包まれながら帰路につく。

「最初はビックリしたけど」

ようやく緊張を緩めることができたのか、エルナが笑った。

「ファルマお姉ちゃん、カッコいい人だったの。さすが『鳳』なの」

「そうっすね」

彼女は、サラたちに一切の危険を感じさせなかった。常にヤーンの心をコントロールして、近づくことさえさせなかった。最後は一瞬ヒヤッとする場面もあったが、もし自分が動かなければ、ファルマがヤーンを捕まえていたであろう。

ファルマはあの個室空間全てを支配していた。

――彼女と一緒に任務を行えたのは、とても良《い》い経験だったかもしれない。

また改めてお礼を言おう、と思いつつ、サラは先を行く少女に声をかける。

「アネット先輩はどうでしたかっ？　初めての合コンは」

彼女は、ん、と口にしながら振り返る。その口からはチキンの骨がはみ出ていた。まだ食べきれていなかったらしい。

「俺様、とにかく料理が美味《おい》しかったと思いますっ」

「今日のアネット先輩、食べてばっかりだったすね」

ヤーンにほとんど興味もなく、ひたすら肉を口に運び続けていた。

彼女は脂で口元を照りつかせながら、笑う。

「サラの姉貴ももっと食べればよかったのに」

「き、緊張でそれどころじゃなかったっす」

「俺様、勿体《もったい》ないと思いますっ！　とっても美味しかったですよ？」

嬉《うれ》しそうに告げるアネット。

すると、隣にいるエルナが「そういえば」と呟《つぶや》いた。

「ビックリするくらい繊細な味だったの。超高級店だったの」

「え……」

「エルナは、アネットがずっと抱えていたメニューが見えていたの。普段エルナが行く店とは、桁が一つ、二つ違っていたの」

「え、た、確かに高そうな店だったすね……」

確かに店が高級店であることは察していた。エルナの言う通りメニューも高額だったし、内装もかなり煌《きら》びやかだった。

ヤーンを上機嫌にさせるために、ファルマが良い店を予約したのか。支払いは彼のポケットマネーから出る流れになっていたようだが。

「俺様、本当に勿体ないと思います」

アネットは、からかうように怪しげな笑みを見せた。

「せっかくファルマの姉貴は、サラの姉貴を接待してくれたのに」

◇◇◇

翌日、ファルマは予告通り陽炎パレスにやってきた。

早朝、陽炎パレスの厨房《ちゅうぼう》に押し入り「『鳳』使用禁止！」という張り紙を無視し、冷蔵庫からフルーツジュースの瓶を取り出している。そのラベルには「リリィちゃんの飲み物！」という文字がデカデカと書かれているが、ファルマは「うーん？」と少し迷った後にラベルを剥がし、ごくごくと音を立てて飲み始める。

サラは厨房の手前で観察しつつ、声をかけるタイミングを逃していた。

しばらく呆然《ぼうぜん》としていると、ファルマと目が合った。

「あー、サラちゃん。昨日はどうもぉ」

盗んだばかりのフルーツジュースを振りながら、彼女は笑いかけてくる。

あれこれツッコミどころはあるが、今は尋ねたいことがあった。

「どうして……？」

「ん？」

「どうして自分がメンバーに選ばれたんすか？」

改めて振り返れば、サラはあの任務に必要はなかった。十二歳に見える容姿のアネットとエルナだけでいい。実際ヤーンが強く関心を示したのは、その二人だ。彼の娘であるカチャも、十二歳に見える二人に父が手を出そうとしたことを憎んでいた。

つまり、サラはいてもいなくてもよかったのだ。

実際ファルマは、サラには特に服を用意していなかったではないか。

「……………あぁ、気づいちゃったぁ？」

ファルマはバツが悪そうに小首を傾《かし》げた。

「うん、サラちゃんはおまけ。任務には直接関係ないよ」

「どうして？」

「――覚えているよぉ、養成学校時代、砂浜の片隅でキミが泣いていたこと」

サラが呻《うめ》く。

その事実は任務前にも告げられていた。

辛《つら》かった当時の記憶が呼び起こされ、胸が苦しくなる。あらゆる技能がダメで、教官から叱られ続け、泣きじゃくっていた日々だった。

ファルマが寂し気に目を細める。

「何もしてあげられなくて、ごめんねぇ」

「……っ」

サラは目を丸くする。

ファルマが申し訳なさそうに目線を下げていた。

「だからね、昨日は美味しいご飯を食べてほしかったんだぁ。でも、緊張させちゃったね。逆効果だったかなぁ」

「な、なんで自分なんかに……」

「えー、逆に恨んでいないのぉ？　泣いているキミをファルマは気づきながら、何度も無視していたんだよぉ。そうじゃなきゃ『よく泣いていた』なんて知りようもないしねぇ」

恨んでいる訳がない。

あの過酷な訓練が続いた養成学校では、他者に気を遣える方がおかしい。

「そんな、自分なんかに……」

「そう卑下しないで」

ファルマは大きく前に踏み出した。

呆然とした心地で動けないサラの肩に触れると、そのまま背中に腕を回し、サラを優しく抱きしめてくる。

「おめでとう。キミが一人前のスパイになったこと、素晴らしく思うよ」

「――――っ」

エリートからの抱擁は、体温がじんわりと伝わってきた。

やがてファルマはサラから離れ、小さく舌を出した。

「えへへ、これを言ってあげたかったんだぁ。ずっとねぇ」

その直後、厨房の入り口の方から絶叫が聞こえてきた。

振り向くと、リリィが愕然《がくぜん》とした表情で「わたしが楽しみにしていたジュースがあぁぁあ！」と叫んでいる。

彼女は顔を真っ赤にさせながら手近にあった箒《ほうき》を握りしめた。

「もう許しませんよぉ！ 『鳳』ゴーホーム‼ 今日という今日はぁ、リリィちゃんが成敗し、下剋上《げこくじょう》を成し遂げてやります！」

ぶんぶんと箒で素振りを始めるリリィ。やはり食い物の恨みは深いようだ。

ファルマは「あー、まずいかもぉ」と笑いながら、逃げ出した。厨房の窓から身を乗り出し、外へ出て行こうとする。

「ファルマ先輩っ！」

慌ててサラはその背中に声をかける。

「じ、自分も先輩と一緒に任務ができて嬉しかったっす！」

ファルマは白い歯を見せて、頷《うなず》いた。

「相思相愛だねぇ、ファルマたち」

◇◇◇

二年前――。

ディン共和国各所にあるスパイ養成学校の一校。その施設は、絶海の孤島に設置されていた。孤島という空間は重火器の訓練を行いやすい。しかし脱走できない閉鎖的な環境は、多くの女スパイの見習いに日夜、強いストレスを与えていた。

その中で当時『投影』の名だったファルマは、抜群の成績を誇っていた。彼女には『聖《せい》樹《じゅ》』という優秀なスパイの兄がいたが、その才能は等しく宿っていた。校内の試験では常に一位を取り続けていた。

そのファルマにあやかろうと、彼女の周囲には多くの取り巻きがいた。

「ファルマさん、今日の射撃訓練も凄《すご》かったです！」「もう卒業試験に挑めますよ！」

五人くらいの少女に囲まれ、ファルマは苦笑を浮かべる。

「んー、もう少し養成学校でマッタリしたいかなぁ」

ちなみに、目立ちすぎて面倒を負った経験から、彼女は卒業試験で適度に手を抜き「五位」という中途半端《ちゅうとはんぱ》な成績を取ることになる。全力ならば二位か三位は狙えた。試験中に気に食わない人間と出会い、成績よりも参加者潰しを優先したのだ。

取り巻きにうんざりしながら、ファルマは島内を歩いていた。

訓練所から宿舎に戻ろうとしたところで、彼女はある声を耳にする。

「ん…………泣き声が、聞こえる」

取り巻きが「え？」と不思議そうに尋ね返してくる。

ファルマは道を外れ、海の方へ向かった。あまりに哀《かな》し気に聞こえてくる声に、胸が締め付けられた。

砂浜に辿《たど》り着いたところで、その泣き声の発生源が見えてきた。

茶髪の少女だった。波打ち際《ぎわ》で大きな鷹《たか》を抱きながら、背中を震わせている。彼女の腕に包まれる鷹が、時折慰めるように彼女の腕に頭を擦りつけていた。

「……あぁ、あの子か」

取り巻きの一人が口にした。

『草原』という名の新入生らしい。今朝がたの授業では、目標時間内に拳銃の分解と組み立てができず、教官から怒鳴られていたようだ。

「ファルマさん、声をかけますか？」

「…………………………」

その提案に、ファルマはすぐに答えられなかった。

じっと視線を向け、茶髪の少女を目に焼き付ける。

「やめるぅ」

ファルマは振り返って、今来た道を引き返した。

「……スパイに向かない子はね、さっさと退学した方がいいよぉ。万が一スパイになったら、真っ先に死んじゃうからねぇ」

誰もが知っている事実だ——世界は痛みに満ちている。

人には向き不向きがある。才能がない者を励ますことは、己の罪悪感を減らすには有用だが、本人のためになるとは限らない。

取り巻きの少女たちは寂し気に目を伏せる。

『草原』に同情しているのだろう。ファルマから見れば、彼女たちも無才に等しい。

「でもねぇ」

ファルマは優しく微笑《ほほえ》んだ。

「もし誰かがね、あの子の才能を見つけてあげて、あの子がスパイの世界に堂々と入ってこられたら、その時は『おめでとう』って言ってあげたいよねぇ。美味《おい》しいご飯をたくさん食べさせて、たっぷり歓迎してあげたいなぁ」

自分で言って、それは素敵な未来のように思えた。

養成学校での挫折が、本人の才能を否定するとは限らない。誰か彼女の才能を見つけ出し、光を当てる者が出てくるかもしれない。

荒唐無稽な想像かもしれないが、そう望むくらいはいいだろう。

「でもさ、ファルマさんって浪費癖あるからなぁ」

取り巻きの一人が笑顔を戻し、茶化してきた。

「貯金できるんですか？　美味しいご飯なんて金がかかりますよ」

中々に鋭い指摘だったが、ファルマは「大丈夫だよぉ」と答えた。自身に金がなくても、いくらでも手段はある。

強《したた》かに彼女は微笑む。

「その時はねぇ、自分以外の誰かに金を払わせるからさぁ」

その彼女の言葉は予言のように、二年後に叶《かな》うことになる。

追想①『鳳《おおとり》』の生態

ジュースを奪われたリリィは二十分ほどファルマを追いかけたが、結局捕まえることができず、力尽きていた。なぜかファルマの動きを見ている内に、自然と警戒しなくては、と考え二の足を踏み、直後に罠《わな》が作動すること五回。力量の差は歴然だった。

倒れ伏していると、サラが「代わりに買ってきたっすよ」とにこやかにジュースを差し出してくれたので、許すことにした。

このトラブルを生み出した当の本人であるファルマは気楽そうに「ありがとぉー」と感激し、そのまま皆で広間で頂く運びとなった。

「ここ最近は本当に頻繁に来ますけど」渇いた喉にジュースを流し込みながら、リリィは尋ねる。「そもそも『鳳』は普段、どこで暮らしているんですか？」

「んー、リーディッツの方かなぁ」

ファルマは伸びやかな声で答える。

リーディッツとは、ディン共和国の首都。港町アランクからは車で一、二時間ほど。デイン共和国の防諜《ぼうちょう》任務の多くは、これらの都市で行われる。

「結成当初は皆、一人ずつ部屋を借りていたんだけどさぁ、地方や国外での任務ばかりで使えないことも多いから、今は二部屋くらいを共有で使っているよぉ」

「へー」

「だから、こんな豪邸で寛《くつろ》げるのは心地いいなぁ」

靴を脱ぎ、ソファの上で仰向けに転がるファルマ。小声で「また太っちゃうよぉ」と呻《うめ》いているが、特に動く様子はない。働かない時はとことんだらけるらしかった。

サラが目を見開き「す、すごいっすね……男女六人で二部屋っすか」と声を漏らす。

「うん。そして一部屋はほぼ物置状態ぃ。実質一部屋で過ごしているぅ」

「六人一部屋？　え、それだと、かなり狭いような……不満の声は出ないんすか？」

「うん、もちろぉん。ファルマたちって仲が良いからねぇ――」

「ワタシは超不満だけどねぇ!?」

突如広間後方から割って入るような大声が響く。

全員が視線を向けると、眼鏡のポニーテールの少女――『鼓翼《こよく》』のキュールが肩をいからせて立っていた。そして大股でファルマに詰め寄っていく。

「なんか説明が偏っているよねぇ⁉　全員、勝手にワタシの部屋を溜《た》まり場にしているだけだよねぇ⁉　え？　皆、もう自分の部屋、解約してるの⁉　初耳なんだけど⁉」

「だってぇ、そんな流れになったじゃん」

「酔い潰れたアンタらが勝手に、ホテル代わりにし始めただけでしょ⁉」

突然口論を始める二人に、サラは頭を捻《ひね》る。おずおずと手を挙げ、割って入った。

「え？　キュール先輩の部屋で皆、暮らしているんですか」

「……そうだよ。まぁ、ビックスくんはよくナンパした女性の家に入り浸っているし、クノーくんはあまり来ないけどさ」

キュールは深い溜め息を吐《つ》いて、首を横に振った。

「……本当に無茶苦茶だよ。『部屋が広いから』とか『会議が楽だから』とか勝手な理由をつけて、部屋にトランプやチェス盤とか持ち運んで、気づけば入り浸ってんの……ヴィンドとか勝手に昼寝をして、冷蔵庫の食べ物とかお酒を勝手に漁《あさ》っていくし……」

「ファルマはぁ、好きだよぉ。皆でご飯持ち寄って、朝まで賭けトランプするの」

「メンバー全員でワタシを嵌《は》めたこともあるけどなぁ！」

こめかみのあたりをひくつかせて、キュールが怒鳴る。

余程鬱憤が溜まっていたらしい。言葉をぶつけられている当のファルマはそ知らぬ顔で「このジュースも美味しいぃ」と頬を緩めているが。

キュールは頭を抱えながら「まぁ、そもそもはアーディさんが『財布なくして家に帰れない』って泣きついてきたのが始まりだけどさ」

「アーディさん？」サラが首を捻る。

「……ん、うん。かつての『鳳』のボスだった人」

サラは「あぁ」と言葉を漏らした。

『鳳』は結成当初は一人の経験豊富なボスと、養成学校のエリートの六人で構成されていたと聞く。龍沖《ロンチョン》での任務中に亡《な》くなったボスの名がアーディらしい。

「まぁなんといいますか」

リリィが腕を組み、話をまとめた。

「ダメダメな大学生集団みたいですね、『鳳』って」

「高等学校の放課後クラブみたいな『灯《ともしび》』よりはマシかなぁ」ファルマは煽《あお》り返した。

2章　caseラン

　屋根裏で一人の少女が震えていた。

「ござ」

　臙脂《えんじ》色の髪を頭の後ろで結び、キリリとした凜々《りり》しい瞳を有している少女。

『浮雲《うきぐも》』のラン。『鳳《おおとり》』の一員だ。ここ最近は彼女もまたクラウスとの訓練のため、陽炎《かげろう》パレスに頻繁に出入りするようになっていた。

　しかし大きな問題が発生していた。

　行くたびにランは――灰桃髪《はいももがみ》の悪魔に殺されかけるのである。

「……あやつ、頭のネジが、何本もぶっ飛んでいるでござる。なぜ『灯《ともしび》』はあんなクリーチャーを野放しにしている？」

　悪魔の名は、『忘我《ぼうが》』のアネット。多彩な発明品を作る彼女は、改造したチェンソーや爆弾を手にして、ランを追いかけまわしてくる。

契機は、かつて龍沖《ロンチョン》でランがアネットを『チビ助《すけ》』と蔑んだこと。

それが彼女の逆鱗《げきりん》に触れたらしい。激怒した彼女は、ランを容赦なく殺しにかかってきた。他の仲間が説得をしたことで、一応怒りを収めてくれたのだが、会う度に「俺様、お前を発明品の実験台にしますっ」と告げ、凶器を振り回してくる。

かくして今日も逃亡を決め込み、陽炎パレスの屋根裏に潜んでいる。

ランは大きく息をついた。

「最近は他の『灯』メンバーも庇《かば》ってくれないし……」

交流が始まった当初は、アネット以外の少女たちに止めてくれるよう頼みこんでいた。大抵どの少女も、渋々といった様子ではあるが、聞いてくれたものだ。

しかし最近は煩わしそうな瞳で「じゃあ陽炎パレスに来るなよ」と告げるのみ。

なぜか異様に冷たい。

「酷《ひど》いでござる！　もっと必死に守ってくれてもよかろう！　この屋敷《やしき》が危うく殺人現場に変貌する危機であろうに！」

ここにはいない少女たちを罵倒しながら、ランは仰向けになった。

屋根裏は意外にも心地がよかった。空気が流れているのか、そう暑くもない。

「あー、任務の時間までここでゴロンとするでござる！」

下手に動けば、アネットに見つかりかねない。

昼寝でもしよう、と辺りを見回した。枕にできるものはないか、と視線を巡らす。

「ん？」

すると、屋根裏の隅に積まれているものを発見した。

ランは懐中電灯を取り出し、明かりを向けた。

「これは――」と思わず目を見開く。

◇◇◇

『灯』と『鳳』の蜜月期間が始まり、瞬《また》く間に一週間が経過した。

互いに互いがいる環境に慣れ始めた一同は、任務や訓練といったスパイの場面以外にも交流を始める。友好関係を築こうとする者、これを機に各々《おのおの》の過去に興味を持つ者、反応は様々。少女たちのスタンスの違いが表れ始める。

そしてこの時期、『灯』の捻くれ者もまた『鳳』のエリートたちに接触を試みていた。

◇◇◇

陽炎パレスには、談話室が設けられている。

普段は『灯』の少女たちが利用しない空間だ。広大な床面積の陽炎パレスには、『灯』の少女たちには余る部屋が複数ある。日常生活は、食堂、広間、各寝室、大浴場の四つで事足りてしまい、あまり談話室は使わない。暖炉とソファがあり居心地はいいのだが、八人で集まるとやや手狭なのだ。

しかし、この時期は――。

「あああぁ、もう可愛《かわ》いよぉ。うへへぇ、いいなぁ『灯』ぃ。ご飯は美味《おい》しいしぃ、女の子は可愛いしぃ、ソファはふかふかだしぃ、天国だよおおぉ」

――一人の女性が恍惚《こうこつ》の表情を浮かべていた。

『羽琴《はこと》』のファルマである。先の合コンミッション以来、瞬く間に『灯』に溶け込んでいる彼女は、談話室を占拠していた。『愚人《ぐじん》』のエルナを膝に置き、彼女の髪の匂いを嗅ぎ、なぜかウットリした顔を見せている。

エルナは心底嫌そうな表情を浮かべていた。

「早く離れてほしいの……」

「ごめんねぇ、エルナちゃん。あ、今日は泊まっていくねぇ」

「のぉっ⁉」

顔を強張《こわば》らせ、もがくエルナ。

逃すまい、と引き寄せるファルマ。

そんな二人を眺め、同じく談話室にいた『草原《そうげん》』のサラが苦笑した。

「ファルマ先輩、今日は任務がお休みなんですか？」

「そうだよぉ、ファルマはお休みぃ」

「は、と言うと他の人は――」

「ランちゃんが任務の日かなぁ。気分が乗らないやつだから任せちゃった」

サラは不思議そうに首を捻る。気分が乗らないという表現が引っ掛かったのだ。だが次の瞬間甘い匂いが談話室まで届くと、彼女の意識が逸《そ》れる。

「あ、シフォンケーキがそろそろ焼けた頃っす」

「ありがとおおぉ、持つべきは料理上手の後輩だよおおおぉ」

感極まったように叫ぶファルマ。

「でも、晩ご飯食べたばっかりっすよ？　食べ過ぎないでくださいね」

「うんうん、そうするぅ」

「多めに作ったので、他の『鳳』の方にも配ってくださいね」

「すごぉい、サラちゃんって出来る子だぁ」

いまやサラとファルマは、仲の良い先輩後輩の関係となっていた。談話室で彼女たちは親し気に雑談に興じていたが――。

「あのさ、ファルマだっけ？　ちょっと時間いい？」

冷ややかな声が、にこやかな空気を消し飛ばした。

談話室の入口には、蒼銀髪《あおぎんぱつ》の少女――『氷刃《ひょうじん》』のモニカが立っていた。アシンメトリーの髪型以外、特徴を削《そ》ぎ落としたような中肉中背の少女。

彼女はなぜか険しい顔つきで、厳しい視線をファルマに向けている。

「サラ、エルナ、席を外してくれない？」

声も普段より低い。

ファルマがへらへらとした笑顔を見せる。

「えー？　もうちょっとエルナちゃんをなでなでしたいかなぁ」

「…………」

モニカの表情は硬い。

そのピリついた空気を察して、エルナとサラは「は、離れるの」「そ、そうするっすね」

と慌てて退散し始める。

興が削がれたようにファルマは落胆する表情を見せた。

「なぁにぃ？　モニカちゃん」

「尋ねたいことがあってね。確認だけど『鳳』の一番有能な女性はキミなんだよね？」

「えー、キュールちゃんやランちゃんの方が卒業試験の成績は――」

「戯言《たわごと》はいい」

モニカは厳しく言い切る。

指摘は正しい。卒業試験では五位のファルマではあるが、それは真摯に試験に取り組まなかったが故である。純粋な実力ならば、ファルマは『鳳』の女性陣では突出している。

龍沖で行われた闘いでも、彼女は本気など出していなかった。

そして、それはもちろんモニカも見抜いていた。

「でぇ？」ファルマが微笑《ほほえ》む。「何の用かなぁ？」

「養成学校時代、特別合同演習に参加したことがあるはずだ」

モニカはファルマの正面のソファに腰を下ろした。

「その試験官が何者か知りたい。心当たりは？」

◇◇◇

——特別合同演習。

それはモニカが味わった大きな挫折だった。

養成学校には二年に一度、各養成学校の成績優秀者のみが集められ、全員で一つの課題に挑む慣習があるらしい。女子養成学校で行われるのは、一人の女性試験官が守るコードブックを奪う、というシンプルなミッション。入学二か月でそれに辿《たど》り着いたモニカは、意気揚々と挑んだ。

他の参加者も競争意識を滲《にじ》ませ、会場は緊張感に満ちていた。

しかし、総勢二十名の少女は女性試験官一人に惨敗《ざんぱい》する。

『ん、んー？　成績優秀者というのはこんなものか。驚いた。すごく弱いじゃないか！』

試験会場となった廃屋で、試験官は余裕の表情で笑っていた。モニカ以外全員が気絶する中、彼女が告げてきた言葉は忘れない。

『覚えておくといい。心に炎を灯《とも》せないやつは——この世界ではゴミだ』

大きな挫折を味わい、自身の才能を信じられなくなったモニカは養成学校で手を抜くようになり、やがて落ちこぼれの烙印《らくいん》を押されることになる。

◇◇◇

（……ボクの心を砕いた女）

苦い体験を思い出し、モニカはつい唇を噛《か》んでいた。

既にその挫折とは、折り合いをつけている。『心に炎を灯す』という言葉は不明だが、自分自身が天才であると信じ直し、日夜研鑽《けんさん》に励んでいる。

だが、女性試験官の存在には関心があった。

自身に苦汁をなめさせた彼女は何者なのか。リベンジしたい訳ではないが、限りなく似た感情である。

ゆえに尋ねたかった。特別合同演習に参加していた他の人物に。

モニカの正面では、ファルマが懐《なつ》かしそうに目を細めていた。

「うん、参加したよぉ。そっか、モニカちゃんもいたんだぁ。気づかなかったなぁ」

「当時は、参加者同士の協力は禁じられていたしね。誰が先に仕留めるかの競争だって思っていた参加者も多かったし」

「でも、ファルマたちは全滅した」

「味方割れ……とも違うな。彼女が待つ廃屋に入った瞬間、何人かがパニックを起こした。それが一気に伝染するように広まって……」

「後は覚えてないかなぁ。ピアノの音が聞こえた気がしたけど」

「手段さえも分からないね」

実力が違いすぎて、何をされたのかも把握できなかった。

女性試験官はまだ二十代半ばの若者に見えた。あまりの才能の差に心が折れたのは、モニカだけではなかったはずだ。

彼女の外見だけは一瞬、見えた。

──漂白されたように純白の肌、深紅《しんく》の瞳。

容姿は異国の人に感じられる。ディン共和国出身ではないのかもしれない。

「ファルマも知らないかなぁ。あんな凄《すご》い人はぁ」

彼女は大きく伸びをしてから、こちらを嘲笑《あざわら》うような瞳を浮かべた。

「でもねぇ、知っていそうな人物は明白だけどねぇ？」

「…………………」

「ま、直接尋ねたくないこともあるよねぇ」

「……勝手な憶測はやめてくれる？」

痛いところを突かれ、モニカは睨《にら》んだ。

当然ファルマが挙げた人物は理解している。

モニカも何度か尋ねようかとは考えていたが、その際は己の敗北も話さねばならず、気乗りしなかった。所詮はただの関心なのだ。強い動機でもない。

すると、唐突にファルマが立ち上がった。

「いいよぉ、その疑問に付き合ってあげるぅ」

「ん？」

モニカは意外に感じる。まさか乗り気とは。

ファルマは大きく頷《うなず》いた。

「ちょっと関心があるんだぁ、ここ最近は特にねぇ」

秘密を漂わせるような、意味深な微笑を見せる。

「よぉし！　ファルマたちを負かした、女の人を調べよぉ！」

いやにテンション高く、彼女は拳を掲げた。


結論から言えば、女性試験官の正体はあっさり判明した。『鳳』の他メンバーからも情報を集め、目的の人物の部屋に向かったところ、すぐ答えは与えられた。

「あぁ、その特徴はハイジ姉さんだな」

『灯』のボス——クラウスはあっさり答えた。

書き仕事の手を止め、教えてくれる。

「『焔《ほむら》』の一員だよ。コードネームは『煽惑《せんわく》』。僕の姉貴分だった人だ。あの人の芸術は他人の心を支配するからな。未熟な者は彼女の空間に入った時点で詰みだ」

明かされた事実にモニカは「なるほどね」と呟《つぶや》いた。納得のいく正体だ。

――国内最強の諜報《ちょうほう》機関『焔』。

既に壊滅した組織だ。かつてクラウスは家族のように愛していたという。

複雑な心地にモニカは息をつく。陽炎パレスは『焔』から引き継いだ建物だ。自分はあの女性試験官が暮らしていた屋敷《やしき》で、生活を送っていたらしい。

クラウスはいつになく優し気な表情をしていた。

「……特別合同演習か。懐かしいな。アレは二年に一度、『焔』が新メンバーをスカウトするために開くんだ。そうか、前回の女子養成学校の担当はハイジ姉さんだったか」

ファルマが目を丸くした。

「へーぇ、スカウト！　そんな裏事情があったんですかぁ」

「そうだな。メンバー同士が連携をとってはならない規則があったはずだ。アレは個々人の実力を測るためだ。もちろん、養成学校の生徒を訓練する意味合いもあるが」

「でも、その割に容赦がなさすぎません？」

「……それもそうだな。開始直後に殲滅《せんめつ》はさすがに大人げないな」

不思議そうにクラウスは腕を組む。

モニカも深く同意した。開始直後に全滅ならばスカウトどころではない。

「大人げないどころじゃないですよぉ！」

ファルマは怒ったように声のボリュームをあげる。

「四年前はムキムキのお婆《ばあ》ちゃんが超遠距離射撃で参加者を全滅させていましたよぉ」

「……ゲル婆《ばあ》だな」

クラウスが眉を顰《ひそ》める。

『炮烙《ほうらく》』のゲルデというらしい。弾薬さえ尽きなければ、小さな村くらいならば、誰一人近づけさせずに制圧できる実力があるそうだ。

「『鳳』の男性陣いわく、男子養成学校では二年前、刀を振り回す男が全生徒をボコっていったんだって」

「師匠……」

クラウスは眉間をつねる。

『炬光《きょこう》』のギード。ディン共和国を裏切り、かつて『灯』の少女たちも闘ったことがある。純粋な格闘能力だけならば、クラウスさえも超える男。

「もしかして『焔』は、養成学校で悪行を重ねていたのか……？」

判明した事実に声を震わせるクラウス。ショックを受けているらしい。

ファルマが苦笑を浮かべた。

「そうだねぇ、優等生の慢心を片っ端から叩《たた》きのめす感じ？　それでショックを受けちゃう人も多かったけど――」

途中哀《かな》し気な声を漏らしたが、すぐに笑ってみせる。

「――ファルマとしては良い刺激にはなったかなぁ」

「………」

モニカは何も言えなかった。ショックに心を折られた側だったからだ。

当然、思うところはある。

が、あの特別合同演習自体を否定する気はない。『焔惑』と出会わなければ、モニカは驕《おご》りを抱えたまま養成学校を卒業していたはずだ。ある意味では良い薬だった。

「――『焔惑』のハイジ」

クラウスは満足げに頷いた。

「とにかく多才な人だったよ。潜入捜査に長《た》けたスパイで、任務ごとに様々な達人になっていた。劇場に忍び込む時は一流のピアニストに、貴族の家庭教師になる時は一流の画家に。僕自身も一時期油絵に嵌《は》まっていたが、あの人の影響だ」

腕を組み、深く頷いている。ギリギリ聞き取れるくらいのボリュームで「官能小説もよく書いていたが……ん、どこに保管していたか……」と独り言を零《こぼ》した。

とにかく才能のある人だったらしい。

ファルマが「いいなぁ、万能だぁ」と手を叩く。

「だが、師匠やハイジ姉さんが度を超した演習を行っていたとは……」

クラウスが再び表情を曇らせる。

彼には見過ごせない事実らしい。

「養成学校の生徒を容赦なく打ちのめしていたなんてな。彼らは訓練になると、僕にも厳しく指導しがちだったが……いや、それがスパイには必要なのかもしれないが……」

「何か知らないの？」とモニカ。

「合格基準は、僕と同等以上の才能だと聞いていた」

「ならクラウスさんのせいじゃん⁉」

魂のツッコミが部屋に響いた。

◇◇◇

スパイ養成学校の特別合同演習――の形で行われる『焔』選抜試験。

実のところ『焔』が養成学校からメンバーを採用したことは一度もない。世界大戦終結直後、ハイジとクラウスが加入して十年間、新メンバーはない。

今後、次世代へ繋《つな》ぐため、新メンバーはどのように決めるのか。

それを定めたのは『焔』のボス——『紅炉《こうろ》』のフェロニカだった。

「そうね、今後『焔』を担《にな》っていく訳だしね……」

燃えるような紅髪《あかがみ》を伸ばした歴戦の女性は、うーん、と思い悩み、仲間に通達した。

「最低限、クラウスと同じくらい強くないといけないわね」

かくして養成学校の優等生は二年に一度、地獄を経験する。

◇◇◇

モニカは右手で首の後ろを摩《さす》り、廊下を歩いていた。

感情が揺れ動いていた。

自身の挫折の正体を知れたという納得感もあったし「どうりで完敗した訳だ」という自己弁護的な諦めもあった。悔しい感情も入り混じる。『煽惑』がモニカをスカウトしなかったという事実も、彼女に心を折られてしまった事実も全てが腹立たしい。

『煽惑』が芸術家というのも癪《しゃく》に障《さわ》る。

モニカの出自は、芸術家だ。芸術を愛する家庭に生まれたが、その感性が受け継がれず、家出同然にスパイ養成学校に向かった。

むしゃくしゃする感情を抱きつつ、大きく息をついた。

（まぁ、別に知ったからって何も変わんないんだけどさ）

言い訳をするように呟く。

本当にただの関心なのだ。女性試験官の正体を知ったところで、復讐《ふくしゅう》する訳でもない。

（……ハイジさんはとっくに亡《な》くなっているんだしね）

そう納得させ、モニカは寝室へ向かう。もう夜九時となっていた。

寝室の前には、人だかりができていた。

なぜか『灯』の少女たちが集っている。ほぼ全員が風呂《ふろ》から上がったばかりのように顔を赤らめ、気恥ずかしそうに何かを手に持っていた。

「――ん、どうしたの？」

モニカが声をかけると、集まった少女たちはビクッと声を震わせた。

「モ、モニカちゃん……」「お、おぅ、これ……多分、嘘《うそ》だと思うんだけどさ」

リリィとジビアが気まずそうに、扉を指さした。

モニカの寝室。その扉には、見覚えのない張り紙があった。

【モニカ殿の部屋の屋根裏から発見されたもの　↓】

ランの筆跡だ。

矢印の先には大量の本が置かれている。ざっと見て三十冊以上。少なくともモニカが所有する本ではない。そもそも屋根裏など確認したこともない。

不思議に思いながら、モニカは一冊を手に取って開き、目次を読み「――っ」と呻《うめ》く。

男女の濃厚な絡みが描かれた官能小説だった。

「ま、まさかですけど」「こ、これ、本当にモニカの私物なのか……？」

他の仲間から視線を向けられる。

その視線には、まるで見てはいけないものを見たような、気まずさを孕《はら》んでいた。

「ふふ、思春期なら当然よ。恥じるべきではないわ」「……秘めたる想《おも》いを衆目に晒《さら》す行為は許し難《がた》いですね」「も、申し訳ないっす。自分、思わず見てしまいました！」「エ、エルナはまだ読むのが早い気がするの！」「なら俺様が音読しますっ。モニカの姉貴、おすすめはどれですかっ？」

姦しい声はしばらく絶えなかった。

◇◇◇

――アランク国立美術館。

百年以上の歴史を誇る、由緒《ゆいしょ》正しい施設だ。国内はもちろん、世界中の芸術家の作品が飾られており、その展示数は国内最大。資産家や貴族から絵画を借り受け、常に展示物を入れ替え、港町の住人が何度来ても飽きさせない工夫が施されている。

世界的に有名な美術館の一つだった。

現在の時刻は、夜十一時。七時に閉館し、とっくに職員の姿もない。警備員の巡回は二時間に一度であり、空間はほとんど無音。

（いやぁ、痛快痛快）

ランは上機嫌で闊歩《かっぽ》していた。

理由は出かける前、モニカの部屋の前に仕掛けた官能小説である。

（今頃、モニカ殿は焦《あせ》っているでござろう。たっぷりイジメた後、拙者の方から打診すればよい。『誤解を解いてほしければ、アネット殿から拙者を守れ』と）

正確には、サラの寝室の屋根裏で見つけたものだが、彼女の私物とも思えないので、他人を脅迫するために利用した。アネットより確実に強いという理由で、モニカを嵌めることに決めた。

（我ながら完璧な計画でござる！）

うんうん、と頷《うなず》いた後で、ランは顔をあげた。

彼女が夜間の美術館に忍び込んでいるのは、『鳳』の任務に関係してのことだ。

ターゲットは、ここの美術館に勤める学芸員。彼女にはある犯罪の容疑がかかっていた。

その証拠を確認し、身柄を確保するのがランの役目だ。

（さて、まずは任務を達成して――）

改めて気合を入れ直すと、廊下の先から足音が聞こえてきた。

今いる空間は、細長い展示スペース。壁には国内外の油彩画が飾られている。

その奥にある彫刻の展示ブースから何者かが歩いてくる。コツコツと無人の美術館に響く足音。警備員の巡回ルートとは外れている。

「ん、お出ましでござるか」

腰を落とし身構える。

が、現れた人物は予想を外していた――モニカだった。

『灯』最強の少女が凍りついたような無表情で歩み寄ってくる。なぜか無言で。

ん、とランは首を傾《かし》げる。自分の居場所をモニカに伝えた記憶はない。

警戒して見つめ続けると、モニカの唇が動いた。

「コロス」

彼女が手にしているのは――拳銃。

「え、いやいやいやいやいや!」

慌ててランは後ずさりをした。

どうやら例の官能小説の件で怒り狂っているらしい。

「お、落ち着くでござる。拙者は今任務中で、それどころではなく――あ、あのぉ、後でゆっくりお話しするので、拳銃は置いてもらえると――」

「コロス」

「言葉が通じないとは恐れ入った」

即座に振り向き、逃走を決め込む。話ができる状況ではないようだ。まだ距離があるうちに、全力で離れる。

おそらくモニカは、ファルマからこの場所を聞き出したのだろう。欲望に忠実なファルマのことだ。ジャムトースト一つで味方を裏切る可能性がある。

幸い地の利はランにある。ミッションのため、美術館はスタッフ用の通路まで隈《くま》なく把握していた。

スタッフ用の通路を駆け、展示用の額縁やケースが積まれた倉庫へ逃げ込んだ。

（まさか、あそこまで怒るとは思わなかった！）

彫刻用の展示台に身を潜め、呼吸を落ち着ける。

多少叱られることは覚悟していたが、日を跨《また》がず即時襲ってくるとは。

（……だが、潜伏は拙者の得意技術。見つけられるはずはあるまい）

暗闇の倉庫で胸を撫《な》で下ろす。

潜伏技術には絶対の自信がある。命に関わる局面では幾度となく己を助けている。たとえ倉庫に入ってこられようと、物陰から物陰へと身を移し、姿は晒さない。

一流のスパイでも見つけられないと自負しているが――。

「コードネーム『氷刃』――時間の限り愛し抱け」

倉庫の照明がつくと同時に、何かが空中を舞った。

無数の鏡が、入り口の方から投げられたのだ。光を反射しながら空中を回転する鏡は、

三枚以上の反射を繰り返し、モニカの顔を映した。

ランがモニカの顔を見られる以上、モニカもまたランが見えている。

「はあああああああぁっ？」

『盗撮』とモニカが呼ぶ特技。一定空間内であれば、ありとあらゆる存在をモニカは視認できる。どこに潜もうと逃げ場はない。

倉庫に置かれた棚の上をモニカは駆け、一直線にランへ接近する。

「――ぐへっ！」

勢いのまま繰り出されたモニカの跳び蹴りは、ランを倉庫の壁まで吹っ飛ばした。

頭を打って倒れるランの腹を踏み、モニカが拳銃を向ける。

「さぁ、ラン。今すぐ殺されるか、惨《むご》たらしく殺されるか、どっちがいい？」

「実質一択でござる」

顔から汗を流しながら、ランは両手を上にあげた。

激怒の理由は不明だが、すぐに宥《なだ》めなければ命に関わりかねない。

「い、いやぁ、ちょっとしたお茶目でござるよぉ。まず落ち着くでござる」

「……遺言はそれだけ？」

「余裕がないでござるなぁ。あはは、まさか『灯』の中に想いを寄せる人がいる訳ではあるまい。官能小説の一つや二つ、誤解されようと――」

目の前で爆発が起こった。

神経が壊れたかと錯覚する、音と衝撃。僅かに遅れて、銃声だと気が付き、おそるおそる右へ顔を向ける。

銃弾が壁にめり込んでいた。

「は、発砲した……？」

――地雷を踏んだらしい。

察しはつくが、ランには原因が分からない。緩んだ膀胱《ぼうこう》を締め直す方が、今は先決だった。何をとは言わないが若干漏らした。

その時、倉庫の外から人が走っていく音が聞こえてきた。

「――っ！」

ランはすぐ意識を切り替え、モニカを押しのけ立ち上がる。

「拙者は任務中でござる！　ターゲットに警戒されたかもしれん！」

銃声を聞きつけ、行動を起こしたらしい。

ここで追わなければ取り逃がしてしまう恐れがある。

モニカは平然としている。

「ファルマから聞いたよ。ターゲットはガルガド帝国のスパイでもない。美術品を盗んでいる、美術館の学芸員。ただの一般人ごとき、一瞬で倒して――」

「ただの一般人ではない！」

ランが怒鳴る。

唖然《あぜん》としたモニカの顔を見て、彼女が誤解していることを悟った。

「そうか、ファルマ姉さんはしっかり説明をしなかったのでござるな」

ランは息をつく。

「『堕落論《だらくろん》』――犯罪組織の名だ。今回のターゲットはその一味でござる」

「なにそれ？」

「確かにスパイではない。正確には、スパイになれなかった者たちだ」

機密情報ではあるが巻き込んでしまった以上仕方がない、とランは判断する。

「――スパイ養成学校の退学者たち」

虚《むな》しさに苛《さいな》まれながら口にする。

「人を欺く技術を習得しながらも夢に破れ、国賊に堕《お》ちた輩《やから》でござる」

◇◇◇

スパイ養成学校の入学者には、あるルールが課せられる。

――習得した技術を悪用しないこと。

明文化するまでもないが、その掟《おきて》は重い。銃の撃ち方、人の騙《だま》し方、籠絡《ろうらく》や脅迫、煽動《せんどう》、ピッキング、暗殺――スパイとして学ぶ技術は全て犯罪に転用できる。警察に逮捕された際に誤魔化す術《すべ》も、他者に冤罪《えんざい》を被《かぶ》せる術も養成学校では教えている。仮に生徒が悪に堕ちた場合、並みの警察では太刀打ちできない犯罪のエキスパートが誕生する。

ゆえに、生徒は脅される。

――技術を悪用した場合は『処刑人《しょけいにん》』が殺しに向かう。

同胞殺しに特化した、冷酷無比なエージェントたち。二重スパイの暗殺も担《にな》う集団だ。

彼らが絶対に逃がさない、と。

幸い、これまでは養成学校の退学者から犯罪者が出たことはなかった。皆『処刑人』を恐れたのか、退学者はその後慎《つつ》ましい生活を送る傾向にあるらしい。

だが、とうとう現れてしまった。

スパイ養成学校の退学者だけで構成された犯罪組織。

対外情報室の防諜《ぼうちょう》チームが発見したという。拘束したガルガド帝国のスパイを尋問したところ、『堕落論』という組織に活動資金と引き換えに、国内の機密情報を与えられていた事実が発覚した。すぐに組織の一人を捕らえて拷問して、内部情報を吐かせた。

身に着けたスパイ技術を私利私欲のために用いる、退学者グループ。

――『堕落論』。

少なくとも構成員は二十人以上らしい。

『鳳』は『処刑人』のサポートとして、彼らの拘束を行っていた。ファルマが先日取り組んでいた任務も、この件が関わっている。

◇◇◇

ランから説明を受け、なるほど、とモニカは頷いた。

「つまりザコだね?」

「拙者の話を聞いていたでござるか?」

ランから呆《あき》れた目を向けられる。

しかし、ランの話を聞いても、モニカはさほど恐れなかった。養成学校では大半の生徒が卒業まで辿《たど》り着けず退学する。一部が、犯罪に手を染めることもあり得るだろう。

もちろん、かつて寝食を共にした相手が敵というのは気分が乗らないが。

二人は囁《ささや》き声で会話しながら、美術館の廊下を歩いていた。

先ほどの発砲音でターゲットは姿を晦《くら》ましている。だが、まだ美術館より外には出ていないようだ。出入り口は予《あらかじ》めランが封鎖したらしい。

モニカが付き合う義理はないのだが、ターゲットに勘付かれたのは自分のせいでもある。逃げるのも忍びない。

まだ美術館内に潜む敵を捜しつつ、ランから説明を受ける。

「少なくとも、ただの一般人ではない。甘く見ると、足をすくわれるぞ」

「でも辿り着けなかったんでしょ？　卒業試験に」

養成学校の退学者——つまり、定期試験に落第したか、訓練に耐え切れず自主退学を申し出たのだ。

ランが唇を尖《とが》らせる。

「それを落ちこぼれだったお主が言うのか」

「ん……」

「別に『灯』の実力を軽んじている訳ではない。養成学校の成績など、ただの一基準に過ぎない。それは『灯』が証明したことだ」

彼女の声には、しみじみとした実感が籠っていた。

モニカも知っている。その尖ったステータスのせいで『落ちこぼれ』の烙印《らくいん》を押されたが、状況が噛《か》み合った途端、爆発的な力を解放する仲間たち。

「ゆえに警戒する。退学者の中に『灯』と同等以上の実力者が紛れている可能性を」


「その通りだよ」


ランの言葉に返事があった。

そこは巨大な彫刻が並べられた展示ブース。全方位から鑑賞することが前提の彫刻には、広く動けるスペースが設けられている。

照明は点《つ》いていないため、明かりはぼんやりとした常夜灯の光しかない。

左右に並べられた邪神を模《かたど》った十体の石像――中央には少女が立っていた。

かなり背が高い。『灯』では一番高身長のグレーテよりも上だろう。線で引かれたように手足が伸び、面長《おもなが》の顔には大きな瞳や固く結ばれた唇があり、好戦的な態度が窺《うかが》えた。

モニカは拳銃を改めて握り直す。

「まさか堂々と出てくるとはね」

「こっちこそ、まさかだよ。いずれ『処刑人』に見つかるとは覚悟していたけどね。わたしと同世代の子が来るとは思わなかったな」

彼女は肩をすくめた。

「わたしの名前は、シャオリー。去年、スパイ養成学校を自主退学した者だよ」

「最近の犯罪者は礼儀正しいね。名乗るんだ」

ランから事情は聞いている。

彼女が手を染めていたのは、美術品の窃盗だ。この国立美術館は、数多《あまた》の資産家から芸術品を預かっている。そして返却の際、精巧に作り上げた贋作《がんさく》を渡し、真作を闇市場で売りさばいているという。養成学校で学んだ偽造工作の技術を用いた犯罪だ。

稼いだ金は『堕落論』の運営費用に使われていたという。

――『堕落論』随一の稼ぎ屋。

シャオリーと名乗った少女は好戦的な表情を崩し、優し気に微笑《ほほえ》んだ。

「勧誘してあげようと思って」

「ん？」

「年が近そうだから。わたしは幹部だし、新規加入者の推薦くらいできるよ？　ねぇ、そこの二人。わたしと一緒に『堕落論』に入る気はない？」

モニカは鼻で笑い、隣を見た。

「どうする？　ラン、とりあえず入会して潜入捜査でもする？」

「全部口に出してどうする……」

ランが力ないツッコミを入れた。

もちろん、モニカも潜入捜査など行う気はない。そんな面倒な手間をかける気はない。目の前のターゲットを捕まえ、尋問した方が早い。

「スパイなんて引退しちゃいなよ。どうせ死ぬだけだよ？」

シャオリーはせせら笑った。

「そんなことより私利私欲のために生きた方がいいと思うんだけどなぁ。祖国に殉じるとかダサくない？　洗脳されてんだって。愛国心の高さに引くね」

「議論にもならんな」

今度はランが答える。

「祖国のために命は捨てられない——その思想もよかろう。お主の自由だ。好きに生きればよい。ただ、罪を犯すな。それだけでござる」

「………萎える。説教すんなよ」

「大人しく縄につけ。出身校は違うが、元養成学校生徒のよしみだ。殺しはせん」

ランはそっと右腕を振った。指先から光の線のようなものが見えた。糸だ。それは『浮雲』の名を冠する彼女の武器だった。絡《から》め糸。

彼女は『捕縛』を得意とする。今回のミッションには打ってつけだろう。

「あー、もう。そういう堅苦しい思想が嫌なんだって！」

目の前のシャオリーは、苛立《いらだ》たし気に、長い腕を左右に開いた。

「コードネーム『脱皮《だっぴ》』――結《ゆ》え孕《はら》む時間になっちまえ！」

彼女の両手にあったのは、拳銃。二丁拳銃の使い手のようだ。

発砲と同時に、モニカもランもすぐ柱の陰に隠れた。

すぐ足元で何かが爆《は》ぜる音がした。シャオリーからは直接狙えない位置。銃弾が跳ねる音が展示スペース全体から響いている。

跳弾か、とモニカは察した。

ゴム製の銃弾を放ち、壁や天井に反射させ、死角から敵を討つ。高等技術だ。少なくとも養成学校の生徒でできる者はほぼいない。

（まぁ、ボクは余裕でできるけど）

シャオリーもまた別の柱に隠れ、跳弾でモニカたちを仕留めようとしている。壁に反射させ、飛んでくる銃弾が、ランとモニカの足元で爆ぜていた。二丁拳銃を交互に発砲し、絶え間ない連撃を続けている。

発砲音が空間に響いている。

モニカは、短期決戦を望んだ。

（……ただ、ちょっと急いだ方が良いか。このままじゃヤバい）

展示スペースは暗すぎて、視力は利《き》かない。

発砲音とゴム弾が跳ね返る音を聞き分け、モニカは柱から飛び出した。距離を詰め、投《とう》擲《てき》武器で気絶させようと取り掛かる。

「――ん？」

が、すぐに違和感に気が付いた。

音がズレている。

絶えず放たれる二丁拳銃の発砲音が展示スペースに反響し、気づくのが遅れた。

――発砲音とゴム弾が跳ね返るまで早すぎる。

特殊な銃を用いている。

サイレンサーで発砲音を消し、銃弾を放った後に時間を置いて銃声が鳴るような。

「かかった」シャオリーの呟《つぶや》きが聞こえた。

暗闇で音に仕掛けを施し、相手にタイミングを誤認させる。

モニカは知っている。特技に嘘《うそ》を掛け合わせ、敵を討ち果たす技。養成学校の卒業間際《まぎわ》の優等生のみが辿り着ける最終講義——詐術。

近寄ったことで、シャオリーの得意げな顔がよく見えた。

ランが自身の名を呼ぶ声が聞こえる。

『跳弾』×『時間差』——透明銃弾。

認識外から飛んできたゴム弾は、モニカの側頭部を撃ち抜いた。

◇◇◇

頭に過《よぎ》ったのは、特別合同演習で『煽惑』のハイジが去った後の廃屋だ。

残されたのは、自信を喪失した優等生たち。何をされたのかも分からず、自分が何をしたのかも理解できなかった。

身体《からだ》のダメージ以上に心の傷のほうが大きかった。

――これまでの努力は何だったのか。

――トップクラスに上り詰めた自分の才能など無価値ではないか。

養成学校で命を削りながら習得した技術が、無に帰《き》した瞬間だった。

その中でもすぐに立ち上がったのは、既に特別合同演習を経験済みの生徒だった。一度『炮烙』のゲルデに自信を砕かれた者。悔し気な表情を見せ、廃屋を去る。ファルマもその一人だったのだろう。

一方、初めて特別演習を経験した者は動くことさえままならなかった。

モニカは後者だ。僅か二か月という歴代最速で辿《たど》り着いたという自信ゆえに、その挫折から立ち直るには遥《はる》かな時間を要した。

もう思い出すこともできない。

――一体、そこから自分はどうやって立ち上がったのか。

◇◇◇

被弾と同時に首を捻《ひね》り、衝撃を受け流す。

幸いシャオリーが用いているのは、よく弾むよう改良されたゴム弾だ。跳弾が狙える分、殺傷能力は低い。

意識が飛びそうになるが、すぐに持ち直した。

ランがシャオリーに向かって、威嚇射撃しながら駆け付けて来る。

「モニカ殿、大丈夫でござるか？」

「ん。余裕」

頭が痛いが、問題なく闘える。

シャオリーは舌打ちをし、すぐモニカから離れた別の柱へ移動していた。銃弾が切れたらしく、リロードをする音が聞こえる。次の弾切れを待ちリロードの瞬間を狙うのも手だが、敵は発砲音のみが出せる特殊な細工をしている。数を誤魔化してくるはずだ。

「やるな。モニカ殿から一本取るとは」

ランが感心したように口にする。

モニカは首を横に振った。銃弾を回避できなかったのは、別のことに気を取られていただけだ。

「妙に縁がある日だな」自身の髪を撫《な》でる。

「ん？」

「あのデカ女とボク、多分会ったことがある」

意外そうにするランの肩を、モニカは叩《たた》いた。

「うん、とりあえずアイツはボクに任せてくれる？　キミは別のことをやって」

作戦を短く伝えた。途中ランは「はぁ？」と顔をしかめたが、理解できない表情のまま同意してくれた。

準備が済むと、モニカは柱の陰から飛び出した。

「キミ、強いね！」

闇に向かって声を張り上げる。

「ねぇ二年前、キミも特別合同演習に参加したんじゃないのか？」

「…………………そうだよ」

返事はあった。

詐術も習得している以上、シャオリーが卒業間際まで辿り着いていたことは予想できた。ならば優等生のみが参加する特別合同演習にもいたのだろう。

遠く離れた柱の陰から、シャオリーの声が聞こえてくる。

「なに？　アンタも参加していたの？　なら分かっているはずじゃない」

「……」

「――心が折れるよ、あんなのっ‼」

魂からの絶叫。

怒鳴りつける声が反響する。

「あの日、確信した。わたしは立ち向かえない！　あんな怪物がいる世界に飛び込んでも死ぬだけ‼　勝ち目もない。命を落とす前に退学する方が賢いって」

「…………」

モニカは内心で頷《うなず》いていた。

(気持ちは分からなくもないよ)

彼女自身、『煽惑』に完敗してから立ち直るまで、かなりの時間を要した。自主退学も考えなかった訳じゃない。『灯』に招集され、辛《かろ》うじて残っていた自尊心を回復させるまで養成学校では無気力な生活を送っていた。

モニカとシャオリーは、限りなく近い位置にいた。

でもさ、と呟く。

「諦めるの早すぎじゃない？」

強い声をぶつける。

モニカとシャオリーの違い――それは、諦めきれずに養成学校に残り続けたこと。

「美術館の学芸員に擬態しているのに教養がないな」

モニカは並ぶ彫刻に視線を投げかけ、せせら笑う。

「ここにあるのは、時代の寵児たちの作品――才能の博覧会だ。芸術の世界じゃ、天才がすぐに芽が出ないなんて茶飯事なんだよ。何十年もかけてようやく認められることもあれば、挑むジャンルを変えただけで脚光を浴びることもある」

モニカは一歩前に歩み出た。

「自分が天才じゃないことを、誰がどうやって証明できる？」

「うるさい……」

「ま、実際凡人だったのかもね？　心が折れて自主退学するくらいなら」

彼女は懐《ふところ》から財布を取り出すと、小さく振るった。ゴムボールが三つ、転がり出て来る。内側に鉄球を仕込んだ、特製の投擲武器だ。

「凡人らしく、天才の前にひれ伏せよ」

「――っ！」

シャオリーの逆鱗《げきりん》に触れたらしい。彼女は柱の陰から二丁拳銃の乱射を開始する。壁を反射する跳弾は、無防備のモニカへ降り注ぐ。

――まだプライドは残っているじゃないか。

ゴム弾を回避しながら、モニカは敵を憐《あわ》れんだ。

途中飛んでくる銃弾と発砲音にラグが生じ始めた。回避のタイミングが乱される。彼女が習得した詐術。本来ならば、国を守るために鍛えられたスキルのはずだ。

モニカはまだ近づけない。

勝ち誇るようなシャオリーの声が聞こえてくる。

「うるさいっ！　さっきわたしに撃たれた凡人が――」

「モニカ殿、もう大丈夫でござるよ」

ランの声が届いた。

モニカの陰に隠れるように移動していたランは、両手から何本も糸を伸ばしていた。糸は展示スペース内の石像全てに絡《から》みついている。

シャオリーが即座に身を引き、糸から離れた。

だが、ランの役割は彼女の拘束ではない。

「まったく、モニカ殿は余裕でござるな」

彼女が呆《あき》れたように呟く。

「殺し合いの最中、跳弾が石像に当たらぬよう振る舞うとは。確かにゴム弾が当たる位置によっては、石像が横転する恐れはあったが」

「芸術には敬意を払っているんだ」

一応芸術家の娘だからね、とモニカは補足する。

初耳だな、と呟き、ランは両腕を振るう。

「コードネーム『浮雲』——産み囚《とら》われる時間でござる」

捕縛。糸が動物のように蠢《うごめ》き、十体の石像に絡みついた。

これでモニカは気兼ねなく動くことができる。わざわざ銃弾に当たって彫刻の横転を心配する必要もない。一直線にシャオリーに向かって駆けだした。

「——っ⁉」

シャオリーが即座に発砲してくるゴム弾は、小刀で打ち払う。まっすぐ狙ってくる弾ならば、モニカは容易に撃ち落とせる。

死角から来る跳弾に関しても、既に完全に見切っていた。

守るものが自分の身一つならば、全てが計算範囲内。銃弾が跳ね返る角度を計算し、その方向に鉄球を投じれば、問題なく進行方向を変えられる。

つまり、モニカの接近を阻《はば》むものは何もない。

「嘘……っ」シャオリーの顔が青ざめる。

小刀の峰で彼女の首筋を打ち抜く。最短の軌道を描き、振り終わる頃には全てが終わっている。敵が回避する余裕など与えない。

「初めてじゃないはずだ」

倒れ行くシャオリーに、モニカは告げる。

「あの日も同じように、何もできずに惨敗《ざんぱい》したんだよ——ボクたちは」

◇◇◇

ランはシャオリーの身柄を他チームに引き渡した。

モニカはあえて細かい事情は尋ねなかった。だが引き渡した相手が『処刑人』だと予想する。一度スパイ技術を犯罪に転用したシャオリーが生きられる見込みは分からない。ランが、命までは奪わない、と口にした以上、希望はあるのだろうか。

余計な興味は持たない。

が、シャオリーとの間にある関係性に想《おも》いを馳《は》せる。

（因果なものだね……）

かつては養成学校の優等生。特別合同演習に参加し、『煽惑』と出会い、挫折をした。

それはモニカと変わらない。

しかし、道はそこで違《たが》えた。

諦め切れなかったモニカはクラウスにスカウトされ、シャオリーは退学し『堕落論』という犯罪集団に堕《お》ちた。

――両者を隔てたものは何か。

美術館からの帰り道、そんなことを考えていた。

そろそろ日が変わる時刻だ。

ランは陽炎パレスに泊まっていくという。追い払いたいが、既にクラウスから許可は下りているらしい。

やけに雲が多い夜の道、モニカとランは簡単な会話を交わした。


「モニカ殿、モニカ殿」

「なに？」

「そういえば、拙者も参加したでござるよ。特別合同演習」

「……へぇ、覚えてないなぁ」

「当時はお互いピリピリしていたしな。拙者、ファルマ姉さんはなんとなく覚えているが。オーラからして別格だったでござる」

「ウチのクソビッチと交換しない？」

「あっさり仲間を売るな」

「最悪、クソビッチを引き取ってくれるだけでいい」

「もう話が変わっているんだが……お主はもっと拙者に興味を持て」

「興味ありそうなトピックを頂戴」

「特別合同演習の時、拙者の口調は『やで』でござった」

「人類史上一番どうでもいい」

「よく分からんが侮辱されたらしい」

「で……キミはどう思ったの？」

「ん？」

「試験官。『煽惑』という『焔』のスパイらしいよ」

「ん、そうなのか？」

「世界トップクラスのスパイと対面し、どう感じた？　心は折れなかった？」

「それはもう感動したぞ？　世界は広いでござるなぁって」

「……本気？」

「うむ。それはもう、素直に憧れたでござるよ。自分とは何もかもが違って見えた。その高みにいつか届きたいと胸を高鳴らせたものだ」

「…………………………」

「……どうしたでござる？」

「……いや」

「ん？」

「ただ、自分がすっげーカッコ悪いな、って思えてきただけ」

◇◇◇

陽炎パレスの玄関まで辿《たど》り着いた時、ランが「そ、そういえば……」とおそるおそるといった様子で呟《つぶや》いた。

なんのことか、とモニカが視線を向ける。

顔を青くしながらランが言う。

「も、もう怒っていないでござるか？　官能小説のこと」

「え？　後で殺すけど？」

「容赦ないっ!?」

「まぁ今回は特別に許してあげるよ。任務を邪魔しちゃったのは事実だしね」

実は言われるまで忘れていた。

だが既に怒る気力もない。おそらく多芸な『煽惑』が書いた官能小説なのだろう。彼女はスパイ活動の傍《かたわ》ら本も出していたという。

その辺りをクラウスに説明してもらえれば、誤解は解けるはずだ。

「た、助かったでござるぅ」

ランが息を吐きながら、肩を落とした。

「ついでに拙者に危害を加えぬようアネット殿を説得してほしい」

「欲張るな」

「いや、このままでは命が危ういしな」

「別の奴《やつ》に頼んだら？　ボク、さほどアネットと仲良くないしなぁ」

『灯』で一番強いという触れ込みのせいかモニカを頼ってきたようだが、アネットに関しては力になれない。彼女の暴走を止められるのは、サラとクラウスだけだ。

ランは顔をしかめる。

「いやぁ、どうやら最近『灯』の人間は拙者に冷たく……」

「冷たい？　他の連中も？」

知らなかった。

口先では「帰れ！」と叫び続けている『灯』の少女たちだが、なんだかんだで『鳳』と仲良くしている。拒絶は照れ隠しみたいなものだ。本気で『鳳』を迷惑がっている者はいない、というのがモニカの認識だ。

「おかしいでござるなぁ。拙者も必死に仲良くしようと試みているのに」

ランが腕を組んでいると、玄関にちょうど少女の一人が現れた。

「おぉ、ジビア殿」

ランが微笑《ほほえ》みかける。

獣のような引き締まった体躯《たいく》の、凛然《りんぜん》とした瞳の白髪の少女――『百鬼《ひゃっき》』のジビアだ。

「今日も凛々《りり》しいでござるな。いやぁ、そこらのギャングにも勝る眼光の鋭さ！　これはジビア殿の父上の職業が気になるでござる！」

「……あのな。冗談でも、あんまりそういうこと言うなよ？」

ジビアは嫌悪《けんお》感を露《あら》わにして去っていく。

彼女は己の出自にコンプレックスを抱いているらしい。モニカは事情をよく知らないが

『ギャング』を毛嫌いしていた。

彼女の背中が見えなくなると、また別の少女がやってきた。

「おぉ、これはリリィ殿」

ランが大きく手を振る。

豊満なバストと、愛らしい顔が特徴の銀髪の少女――『花園《はなぞの》』のリリィ。

「はっはっ、今日もナイスバディでござるなぁ。その大きな胸で色仕掛《いろじか》けでもすれば、素晴らしいスパイになれるに違いない！」

「わっ、わたしはっ！　そういう方法には頼らず、咲き誇るスパイになりたいのでっ！」

リリィが顔を真っ赤にして走り去る。

彼女は性的な話題を苦手とする。特に身体的特徴を指摘されるのは、かなり嫌がる。

ランは哀《かな》し気に肩をすくめた。

「ほら、拙者に冷たいでござろう？」

思い出すのは、アネットと出会った直後にすぐ『チビ助』呼ばわりしたこと。あるいはモニカが隠し秘めている恋心を挑発してきたこと。

モニカは蔑みの視線を向ける。

つまり、このランという少女は――。

「——人の地雷を踏み抜く天才？」

「ござ？」

彼女は不思議そうに首を傾《かし》げた。

◇◇◇

——二年前。

人里離れた山奥にある廃屋で、『煽惑』のハイジは手を振っていた。

「さて帰るとしよう。愛《いと》しい弟が晩ご飯を作って、待っていてくれるのだよ！」

妙に自慢げに彼女は語る。

「お別れの時間だな。やぁキミたち、これに懲りたら退学するのも道さ」

最後まで『煽惑』は慈悲をかけない。

生粋の自己中心主義者である彼女は、養成学校の生徒に一切の興味も持たずに帰路に就いた。頭にあるのは晩ご飯と、出版社と約束した小説の締め切りをいかに破るか。

優しい訳でも厳しい訳でも、裏に隠れたメッセージがある訳でもない。彼女は本当に関心がなく未熟なスパイを侮蔑し、ただボスに命じられたミッションをこなしていった。

つまらぬ同情を捨て去った、ある種、完成されたスパイ。

それに打ちのめされる者は数多かったが――。

（あれが超一流のスパイか）

当時十五歳のランは気絶から覚めた後、転がったまま目を輝かせていた。

（微塵《みじん》も敵《かな》わんかった。天才や！）

教官よりも優れた技量に感嘆する。まるで上質なショーを見たような心地。心臓はバクバクと音を立て、全身に熱い血を滾《たぎ》らせる。

――すぐ宿舎に戻り特訓をしよう。

そう思い立ち上がったところで、隣で蹲《うずくま》っている蒼銀髪《あおぎんぱつ》の少女に気が付いた。彼女は項垂《うなだ》れ、じっと床を見つめている。後頭部だけが見え、表情も顔も分からない。

「自分、大丈夫？　水飲む？」

ランは声をかける。

「…………」

「無視かい。まぁ、気持ちは分かるけどな」

「…………」

「先行くで？　この演習はもう終わりやろ」

ピクリとも動かずに蹲る蒼銀髪の少女。すっかり意気消沈している。

ランは息をつき、去り際、肩に手を置いた。

「見事やったで？　最後まで立っていたのはキミやろ？　――天才や」

その言葉は、蒼銀髪の少女――モニカの心を深く抉《えぐ》った。的外れにも程があると憤った。

彼女はたった今自身の才能を砕かれたのだから。

モニカは顔をあげず、ランの手を振り払う。

「…………うるさい」

「口答えできれば十分やな」

微笑み、ランはモニカから離れていく。結局顔さえ合わせなかった二人は、この出会いを忘れていく。

モニカが立ち上がったのは、そこから間もなくのことだった。

両足に力を籠め、ふらつきながらもやがて直立する。顔をあげる。微《かす》かな呻《うめ》き声が漏れ、もう一度歩き出す。苦し気に唇を噛《か》み、やがて力強く歩む。

追想②　女子会

「女子会を開催するわ！」「女子会の開催だよぉ」

　もはや当然のように『鳳《おおとり》』が陽炎《かげろう》パレスに泊まっていくことになった深夜、突然ティアとファルマが楽し気に宣言した。広間のソファには既に飲み物やお菓子、つまみなどが並べられ、パーティーの準備が整えられている。

　ソファの周囲にはランとキュールの姿もあって、楽し気に手を叩《たた》いていた。

「「「「え……？」」」」

　一方で突然呼び出されたリリィ、ジビア、モニカ、グレーテ、サラの五人は困惑の表情を浮かべた。ちなみにエルナ、アネットは既に就寝している。

　ランが首を傾げる。

「ん？　『灯《ともしび》』のメンツの反応が鈍いでござるな。恋バナなどはせんのか？」

「私から解説するわ」

　ティアが立ち上がって、偉そうに語り始めた。

「そもそも『灯』は女子比率が多いからね。クラウス先生は不在時も多いし、常時女子会みたいなものなのよ。そして、なにより」

大きな溜《た》め息と共に告げられる。

「『灯』の恋愛事情は、ぺんぺん草一本生えない荒野状態よ」

「別表現ねぇの⁉」ジビアが声を張り上げる。

ティアいわく——『灯』の少女たちは決して恋愛に興味がない訳ではないが、基本任務と訓練で忙しく、外で男性と接触する気力もない。一応クラウスという男も身近にいるが「彼はもうグレーテが狙っている」という共通認識があり、グレーテ以外の人間は基本、彼を恋愛対象外として捉えている。

他の少女たちは何か言いたげに目を細める。不服がある者がちらほら。

ファルマは苦笑した。

「まぁスパイだしねぇ。ファルマたちもぉ、ワンナイトラブになりがちかなぁ」

そこでサラが恥ずかしそうに、おずおずと口にした。

「ち、ちなみに『鳳』のメンバー内で恋愛は……？」

「「ありえない」」

「全否定っ⁉」

男三人女三人というチームでありながら浮いた話は一つもないらしい。

ランがしみじみと「拗《こじ》らせたら、気まずいでござるからなぁ」と呟《つぶや》き、ファルマも「だよねぇ」と同意する。

「一回でも寝ちゃうとねぇ、女はともかく、男の方が妙にギクシャクするよねぇ。アレ、本当に不思議。昨晩散々甘えてきたくせに、翌日は妙にクールぶるというかぁ」

「「「「…………？」」」」

「なに言ってんだコイツみたいな目線やめて」

恋愛経験の少ない『灯』の少女たちが不思議そうに首を捻《ひね》り、ファルマは間延びした声で遺憾を示す。やはり恋愛では微妙な空気になるので、普段通り、飯か任務の話でもしようかとなりかけたところで——。

「いや！」

顔を真っ赤にしたキュールが叫んだ。

「ワタシだって恋愛したいよ！　もっと、こう！　ロマンティックで、良い感じな！」

その手には、半分程空になったワインボトルが握られている。いつの間にか大分飲んでいたらしい。上機嫌に立ち上がって、ボトルを天井に掲げる。

「よしっ！　今からクラウス先生をデートに誘ってくる！」

「飲ませ過ぎたな。キュール姉さんは酔うと、こんな感じでござる」

「グレーテ、花瓶を振りかぶるのはやめなさい」

広間隅に飾られていた花瓶を無言で持ちあげたグレーテを、慌ててティアが宥《なだ》める。流血沙汰になりそうなので、「まぁ、大丈夫よ。クラウス先生のことだもの」と口にした。

その間、キュールは意気揚々と広間を出て、二階へ駆けあがっていった。

五分後、肩を落として戻ってくる。

「どうだった？」とファルマ。

「ダメだったぁ」と涙目のキュール。

案の定、敗北したらしい。クラウスは歯牙《しが》にもかけなかったようだ。

それを傍《はた》から眺めていたリリィ、ジビア、モニカの考えは一致する。

(((この酔っ払い、面白い)))

自分はまったく恋愛のチャレンジをしないが、他人の恋模様は興味がある――それが『灯』の少女たちの大半に当てはまる特徴。野次馬こそが本領発揮。

「ナイスファイトー」「再チャレンジしようぜ！」「ボクも応援するよ」と適当に励ます。

「よっしゃ！　二回戦行ってくる！」とキュールが力強く拳を掲げた。

翌朝に泣きたくなる程後悔することを、彼女はまだ知らない。

3章　case クノー

ディン共和国・第三の都市アランク。

中世後期から栄えた港町は、ディン共和国が他の大国と繋《つな》がる玄関口として発展してきた。国防上の理由で首都の機能は内陸のリーディッツにあるが、発展具合で言えば遜色はない。商業ビルや倉庫、大学が立ち並び、住人や観光客で賑《にぎ》わっている。

その特徴は、とにかく多様な人間が集まるという点だった。

階層、人種、文化が偏りなく、混ざり合っている。

復興期の貿易で財を築いた海運会社の重役たちもいれば、その下でこき使われる港湾労働者もいる。海外から訪れるビジネスマンは高価なスーツを身に纏《まと》って街を闊歩《かっぽ》し、その男をターゲットにした風俗店には色香を漂わせる女性が集う。そして、雑多な人間が生まれ、ロクな福祉も受けられず捨てられた子どもと、それを利用するギャングたちはスラムを形成する。

重層的な文化が形成される街は巷《ちまた》で「伝説のスパイチームの本拠地がある」と噂《うわさ》される

ほどだ。多くの人間は都市伝説として信じていないが、稀《まれ》に警察の介入もなく、国の治安を脅《おびや》かす反社会的組織が壊滅する事実が話の信憑《しんぴょう》性を裏付けていた。

とにかく、そのアランクの街で、一人の少女が路地を我がもの顔で進んでいた。

「俺様は〜♪　良い子なので、買い物を、しっかりぽっきり♪　こなしましたっ♪」

『忘我《ぼうが》』のアネットである。

宗教学校の制服を身に纏い、両手に一杯の紙袋を抱える彼女はツインテールを揺らしながらスキップし、妙な韻を踏んだ歌を口ずさんで、アランクの裏路地を進んで行く。

「んっ？」

その途中、少女は足を止めた。

何かを見つけたように、ぐっと屈《かが》んで視線を向ける。右目をランランと輝かせ、己の身体《からだ》が汚れることに構うことなく、四つん這《ば》いとなって、対象を注視する。

「おおおおおおおおおおおおおおおおぉ！」

直後嬉《うれ》しそうな声が路地に響いた。

◇◇◇

『灯《ともしび》』と『鳳《おおとり》』の蜜月期間が始まって、二週間が経過した。

すっかり両チームは交流が深まっており、特に『鳳』の女性陣は陽炎《かげろう》パレスに寝泊まりすることも多く、『灯』の生活を日夜問わず侵略していた。昼も夜も関係なく喧騒《けんそう》が絶えず、良い意味でも悪い意味でも刺激の多い生活である。

ただ女性陣に比べ、『鳳』の男性陣は『灯』の少女たちと一線引いた振る舞いを続けていた。彼らの目的はあくまでクラウスとの訓練であり、交流はついでなのだ。その途中で『灯』の少女たちに訓練をつけてやることもあるが、それ以上の介入はない。

しかし、どうしても関わらずにはいられないこともある。

同じ属性を抱く者は、磁力で引かれるように導かれていく。

◇◇◇

――アネットの様子がおかしい。

灰桃髪《はいももがみ》の少女の変化を『灯』の少女たちは感じ取っていた。

普段のアネットの過ごし方は、部屋で珍妙な発明品作りに励んだり、他メンバー（主にエルナ）にイタズラを仕掛けたりするというものだ。彼女の行動原理こそ読めないが、おおおよそルーティンから外れることはなかった。

だが、ここ最近のアネットは頻繁に外出する。

任務や訓練時はメンバーに混じって謎の言動を繰り返すのだが、それが終わると直ちに出かけていく。どこで何をして過ごしているのか、しばらくすると顔を黒く汚して帰宅する。そのまま浴槽に飛び込んで、身体の汚れだけ洗い流すとすぐに寝てしまう。

他の少女たちは気にかけていた。

「うーん、不穏な感じがしますねぇ。アネットちゃんの向かうところに事件ありです」

リリィが腕を組みながら、頭を捻る。

「……はい。どこかに迷惑をかけてなければよいのですが」

頷《うなず》くのは、四肢の細いスラリとした赤髪の少女――『愛娘《まなむすめ》』のグレーテ。

「正直アネットちゃんの心配より、アネットちゃんの訪問先の方が心配なんですが」

「……爆薬などを仕掛けてなければよいのですが」

「エルナちゃんだからギリギリセーフなだけであって、一般人だったら命を落とすレベルの罠《わな》を平気で用意しますからね。アネットちゃん」

「……ただ、仮に本気で迷惑をかけているならボスが止めるでしょう……なにより本人が楽しそうです。ここは見守ってあげるのがいいかもしれませんね……」

二人は陽炎パレスの廊下を歩いていた。

「それもそうです――今の我々には優先すべき事項がありますからね！」

リリィはそう結論をまとめると、目の前にある扉を乱暴に蹴り開け、室内に飛び込んでいった。


「――えぇい！　『鳳』ゴーホームっ‼　ここ最近入り浸りすぎじゃないですかぁ！」


談話室だった。

陽炎パレス内で専ら『鳳』が根城として定めた部屋である。柔らかなソファが設《しつら》えられた部屋には『鳳』のメンバーが集い、地図と資料を広げながら顔を突き合わせていた。

「うるさい、銀髪。会議中だ」

その中心に座っている『飛禽《ひきん》』のヴィンドが、煩わしそうに答えた。リリィに視線を合わせることなく、目の前の地図を指先で叩《たた》いた。

「ここ最近、『堕落論《だらくろん》』の連中がアランクに拠点を移したようだからな。俺たちの作戦本部もここに移すことにした」

「……本当に自由ですね、『鳳』さん」

呆れ声のグレーテに、『羽琴《はこと》』のファルマ、『浮雲《うきぐも》』のランも楽しそうに手を振る。

「よろしくねぇ。あ、お菓子もいただいているよぉ」

「さすが、クラウス殿が作る焼き菓子。素晴らしい出来でござるな」

「わたしたちでも稀にしか食べられない先生の特製フィナンシエがあああああぁっ‼」

リリィが悲鳴のような絶叫をあげた。

テーブル中央には、黄金色に光り輝く大量の焼き菓子が積まれている。クラウスが気を利《き》かせて焼いたものらしい。

どうにもクラウスは『鳳』に甘い。それも『灯』の少女にとって不満の一つだった。

「いちいち喚《わめ》くな」

抗議するリリィを制し、ヴィンドはフィナンシェを一つ口に入れる。

「ここ最近、『堕落論』の活動が過激になった」更にフィナンシェを口に放る。「一般市民にも被害が及ばないよう、警戒が必要だ」もう一個、口に放る。「俺たちも忙し」口に放る。「い」口に放る。「ん」口に放る。「だ」

「涼しい顔して滅茶苦茶《めちゃくちゃ》食ってる‼」

傲慢な振る舞いを続けているが、『鳳』の態度にはエリートとしての確かな誇りと使命感が見え隠れしている。リリィはつい、ぐぬぬ、と拳を握り込んだ。

「わ、わたしたちだって休暇を終えて、もう防諜《ぼうちょう》任務に励んでいますよ？」

「クラウスのお手伝いみたいな任務か。ご苦労なことだ」

「うぐ……」

「せいぜい黙って見て、学べ。俺たちのやり方を」

　リリィとグレーテは何も言えず、その場のソファの一角に腰を下ろす。

　ムザイア合衆国の任務以降、クラウスは少女たちにも仕事を割り振るようになったが、『灯』に持ちこまれるのは難易度が高すぎる任務ばかり。大半はクラウスがこなし、少女たちに振られる仕事は下働き感が否《いな》めなかった。そして、それさえも大分苦労している。

　事実『鳳』の任務を横から見るのは、かなり勉強になる。

　そして『灯』の少女たちが学び取る姿勢を見せた時、ヴィンドは決して追い払おうとはしなかった。任務の資料が見えるよう、さりげなく身体をズラしてくれる。

　リリィやグレーテだけでなく、気づけば他の少女たちも談話室に集まり始める。窮屈になっていくが、それに不満の声をあげる者はいない。

「って、あれ？」

　会議を横で眺め始めたリリィが首を捻《ひね》る。

「そういえば『鳳』さん。メンバー一人、足りなくないですか？」

「クノーか」

ヴィンドが頷いた。

現在、談話室にいる『鳳』メンバーは五人のみ。もう一人、『凱風《がいふう》』のクノーという男がいるはずだが、会議に加わっていなかった。

仮面をつけた大柄の男。彼の寡黙さも相まって、謎多き存在だった。

一体どこにいるのか、と首を傾《かし》げる。

「知らん」素っ気なくヴィンドが答えた。

「へ？」

「奴《やつ》は好きに行動しているはずだ。情報は後で共有する」

突き放すような言い方だった。

他の『鳳』メンバーも「まぁクノーくんは大丈夫ですよ♪」「だねぇ、いずれ来るよぉ」と口々に答えていく。

予想外の反応だったので、リリィが目を丸くした。

――クノーは『鳳』で孤立しているのだろうか？

その疑問を察知してくれたのか、『鼓翼《こよく》』のキュールが「ええとね」とフォローするように教えてくれた。

「別に意地悪している訳じゃないよ。クノーくんは元々一人で動きたいタイプなんだ」

「あ、なるほど。集団行動が嫌なんですね」

「うん。でも腕は抜群の技術者だよ。頼めばどんなものでも作ってくれるし、壁や天井を破壊する工作はピカイチかな。ちょっと無口だけどね」

「はへー」

とにかくクノーという男は特殊な立ち位置らしい。ヴィンドたちも無理に馴《な》れ合おうとしないだけで、拒絶している訳ではないようだ。

リリィが納得していると、隣でグレーテが呟《つぶや》いた。

「……『灯』にも近しい方がいますね」

「ん？」

「……独立して動きがちの技術者」

言われて、ハッと気が付く。

そう、『鳳』のクノーと同じ立ち位置のメンバーが『灯』にもいる。任務中、時折一人で活動し、思わぬ成果を得て戻ってくる少女。

「なんにせよ」ヴィンドが淡々と口にした。「国のために動く分には勝手にすればいい」

一見冷たく感じられる言葉。

しかし、それが信頼の裏返しであることは『灯』の少女たちも察し始めていた。

◇◇◇

アネットは路地を駆けていた。

他の少女から不思議そうな視線を向けられながら、今日も陽炎パレスを抜け出した彼女は元気いっぱいに腕を振って、走っていく。

大通りの賑《にぎ》わいから外れる方向へずんずん進んでいくと、性風俗店がひしめく通りがあり、店の裏側にはドブ川が流れていた。都市の汚水を引き受け、海に流すための水路。異臭が立ち込め、汚らしいネズミと虫が蠢《うごめ》いている。

人の立ち入らないドブ川にアネットは楽しそうに近寄っていく。

「俺様が餌を持ってきましたっ」

彼女は満面の笑みを向けた。

ドブ川に繋《つな》がる、人が入ってはいけない細い下水管の中に、一匹の黒猫がいた。

薄汚れた、と表現する他ないネコである。

黒い毛並みは下水の油や泥が染《し》み込み、気色の悪いツヤを纏《まと》っている。暗がりの中で耀《かがや》く瞳も、膨らんだ瞼《まぶた》に覆われており不細工であった。顔立ち全体がどことなく生意気そうである。

「俺様っ、一目見た時にピンと来ましたっ！　お前の名前は、オリーブですっ」

アネットはネコの前で腰に手を当て、仁王立ちをする。

オリーブと呼ばれたネコは、微動だにしない。

「俺様が認めてやったので、お前は俺様に感謝しやがってくださいっ」

持ってきたペットフードを、アネットは誇らしげな笑みと共に下水管に投じた。

しかし、オリーブはなお動かない。

「……むぅ」

つれない態度にアネットは頰を膨らませる。拗《す》ねたように唇を尖《とが》らせた後、何度か固形型の餌を投じるが、オリーブは見向きもしない。一瞬鼻をひくつかせるが、それだけだ。

——そう、アネットが頻繁に外出する目的は、このネコだった。

彼女の琴線に強く触れるものがあったらしい。一目見た瞬間からアネットは日が暮れるまでオリーブに話しかけていた。今では時間を見つけると、路地のドブ川まで向かって黒猫とスキンシップを図ろうとする。

最初は捕獲用の網を持参していたが、すぐにネコが逃げてしまうことが続き、諦めた。

ネコはいつだって冷めた態度だった。

アネットがペットショップでわざわざ買ってきた餌にも興味を示さない。

「俺様っ、お前が好きそうな玩具《おもちゃ》を用意しましたっ！」

アネットはめげることなく、スカートから棒状の器具を取り出した。

綿毛のような糸の束が出たり引っ込んだりする構造である。ネコが喜びそうなものを彼女なりに調べあげていた。

それを構え、アネットはじりじりとオリーブに近寄る。


「………否。それではネコを驚かすだけだ」


重たく響く、野太い声。

アネットの背後に、いつの間にか大男が現れていた。手足の太さはアネットの二倍以上ある巨体。顔に不気味な白い仮面をつけており、立っているだけで自然と周囲を怯《おび》えさせるような威圧感があった。

まるでアネットの退路を塞ぐように、ドブ川の水路に立ち塞がっている。

「お前はなんですか？」

「……『忘我』のアネット。この路地に近づくな。もうすぐここは危険地帯となる……」

仮面の男は重々しい声音で告げる。

「それに――このネコはお前に懐《なつ》かない」

唖然《あぜん》とするアネットの反応を待つことなく、男は去っていく。

彼がいなくなった後にアネットは、気を取り直したように作ってきた玩具を作動させるが、黒猫は即座に身を翻《ひるがえ》し、下水管の奥へ消えていった。

まるで仮面の男の予言通りの結果。

『忘我』のアネットと『凱風』のクノーとの邂逅《かいこう》だった。

◇◇◇

捕獲作戦、ペットフード作戦、玩具作戦と続けて失敗したアネットは、その晩、洋館の外にある動物小屋を訪れていた。

「サラの姉貴っ、俺様、ネコがどんな餌を食べるのか知りたいですっ！」

『灯』で動物に詳しい少女と言えば、一人しかない。

『草原《そうげん》』のサラ。多様な動物の世話をこなす彼女は、アネットの質問に即答した。

「ネコですか？　そうっすね……ミルクはどうですかね？」

「おぉ！　俺様、それなら冷蔵庫にたくさん用意してますっ！」

「はい。あ、しっかりネコ用のものを用意してくださいね。あげる時は人肌に温めてから。お腹《なか》を壊しちゃうかもっす」

答えを聞き終えると、アネットは即座に身を翻し「俺様っ、保温性抜群の水筒を発明しますっ」と宣言し、動物小屋から離れていった。

サラは眩《まぶ》しいものを見るように目を細め、アネットの背中を見送った。

そこで新たな人物が動物小屋を訪れた。

「どこかで野良《のら》ネコに構っているようだな」

『灯』のボス、クラウスだ。彼はアネットが去っていった方向へ視線をやった。彼女の様子がおかしいことは、当然彼も察知していた。

「そうっすね」サラは頬を緩める。「アネット先輩、ここ最近は裏路地の方へ頻繁に通っているみたいっす」

「お前が直接手を出さないのか？　苦戦しているようだが」

サラには『調教』という特技がある。大抵の動物ならば訓練を積ませることで、彼女は自由に言うことを聞かせられる。ネコを手懐《てなず》ける程度、造作もないはずだ。

「はい、そうしたいのは山々っすけどねー」

クラウスの質問に、サラは苦笑を浮かべる。

「でも、アネット先輩が身長と工作以外のことに興味を持つのは初めてなので、まずは見守るだけにしようかなと。これも大事なお勉強っす」

「……さすがの保護者ぶりだな」

情操教育らしい。

子どもと接するようなサラの態度に、クラウスは「――極上だ」とコメントした。

◇◇◇

邂逅以来、クノーはよくドブ川でアネットの前に姿を見せるようになった。

「俺様っ、お前と会いたくないですっ。帰りやがってくださいっ」

「……否《いな》。ここがおれの仕事場だ」

アネットが声を張るが、クノーが相手にする様子はない。呆《あき》れた声で「……何度も言うが、ここは危険だ。いずれ戦場となる……」と律儀《りちぎ》に警告する。

アネットは聞く耳を持たず、ドブ川近辺で黒猫の姿を探しては、自身に懐いてもらおうと画策していた。サラに教えてもらったミルクは、一定以上のオリーブの関心を引くことに成功したが、結局ミルクが注がれた器に近寄ってくることもなかった。

この日のアネットは、別の手法を試していた。

ドブ川の水路に細い糸を張り、周囲の柱やコンクリートに引っかけ、ネットのようなものを作り上げていく。彼女の指は細やかに動き、あっという間にネコが通るであろう一帯を包囲していった。

その様子をクノーは微動だにせず眺めていた。

「……疑《ぎ》。なんだこれは？」

「俺様特製の罠《わな》ですっ！　一度触れれば、直ちに捕縛しますっ！」

アネットはにこやかに答える。

その扱いやすい糸は『鳳』メンバーの一人、『浮雲』のランから強奪したものだ。ランは最後まで「わ、渡さないでござるぞっ？」と抵抗したが、アネットが電動ドリルを用意し始めると、平身低頭しながら泣く泣く献上した。

クノーが懐《ふところ》からハサミを取り出し、糸を断ち切った。

「………否。やめておけ」

「なっ⁉」

「……餌を置き、離れろ。あのネコは警戒心が強い。その程度の罠にはかからない」

クノーの言葉に、アネットは不服そうに眉をひそめる。

が、前回見事にネコの動きを当てられたことを覚えていたのだろう。拗ねたように口《くち》の端《は》を曲げ、温めたミルクを器に注ぐと、それをコンクリートの下水管の前に置き、一度ドブ川から離れた。

クノーはドブ川周辺の路地に詳しかった。彼に案内されるがままに、廃墟《はいきょ》のような木造住宅に案内される。

彼が現在用いている隠れ家らしい。窓からドブ川の様子を確認できた。

アネットは双眼鏡を取り出し、食い入るように見つめた。

オリーブと名付けられた黒猫は、潜んでいた下水管から抜け出していた。辺りを警戒するように首を振りながら、土手に置かれた器に近づいていく。器の周囲をぐるぐる回った後、毒見をするように舌でミルクに触れ、やがてうまそうにミルクを舐《な》めていった。

「おぉっ‼」

アネットが歓声をあげた。

初めてアネットが与えるものを受け取った。

すかさず窓から飛び出した。危なっかしい足取りで塀を伝っていき、急いで黒猫の元に駆けていく。

ミルクに夢中だった黒猫は顔をあげ、アネットを見るなり身を翻し、さっと下水管の中へ消えていった。

ドブ川にはアネット一人が取り残される。

「俺様っ！　アイツは恩知らずだと思いますっ！」

怒ったような声が響いた。

かくしてオリーブ捕獲作戦はまた失敗に終わる。

アネットは一度肩を落とした後、それでもミルクを飲んでくれたことが嬉《うれ》しかったのか、器にミルクを満杯になるまで注ぐ。そして哀《かな》し気な瞳で辺りを見回し、オリーブの姿がないことを確認し、再びドブ川のそばにある木造住宅まで戻ってきた。

頬を膨らませながら、アネットは窓際《まどぎわ》で双眼鏡を構える。

オリーブがドブ川に戻ってきていた。まるで人の姿が見えないことを確認するように、辺りをウロウロした後、ミルクを舐め始める。

「オリーブのやつ、俺様が近くにいるとミルクを飲んでくれませんねっ」

アネットは口をへの字に曲げ、双眼鏡を下ろした。

「……否。もう一度言う」

クノーが低い声で告げる。

「……あのネコはお前に懐かない……つまらぬ望みは捨てろ……」

「む」

「……………お前は『血族』だ」

アネットは首を捻《ひね》った。

「なんですかっ、それ？」

クノーは手近の椅子を引き寄せると、ゆっくりと腰を下ろした。座る位置をずらす度に年季の入った椅子は軋《きし》み、耳障《みみざわ》りな音を鳴らす。

彼はゆっくりと語り出した。

「……世界が激動に陥る時代、強烈なストレスを募らせる母体は、稀《まれ》に歪《ゆが》んだ赤子を孕《はら》む。遺伝子の突然変異というべきか。世界に邪悪が生まれる……虐殺を繰り返す独裁者、猟奇的殺人犯――ヒトという種を滅亡させる異分子……それが『姦邪《かんじゃ》なる血族』だ……」

クノーは静かな声で告げる。

「『忘我』のアネット――お前は『血族』の一人だ……それも限りなく純血だ」

アネットは無表情だった。

彼女には四年より前の記憶はない。一度、母親を名乗るマティルダという女性と出会ったが、不愉快に感じて爆死させた。実はそのマティルダさえも実母ではないのだが。

自身の出自など全く知らないし、興味も持っていない。

「俺様っ、お前の言っている意味が分かりませんっ」

「……否。『血族』のことは『血族』の人間なら分かる」

クノーは己の仮面に触れ、微《かす》かに傾けた。

『鳳』の人間にも常に隠している素顔が、アネットにのみ開示される。

「おれも『血族』だ。お前とは比ぶべくもないほど、薄い血だがな」

「…………」

アネットの表情は尚《なお》、動かない。静かな右目で彼を見据えている。

クノーは仮面を元に戻した。

「……同族からのアドバイスだ。ネコは人の善悪に敏感だ。決してお前には懐――」

「くせぇですっ」

アネットはクノーの言葉を遮り、舌を出した。

「不愉快ですっ。血の臭いを纏《まと》った殺人鬼が、偉そうに語ってんじゃねぇですよ」

「……それを分かることが、お前が『血族』である証明に他ならない」

クノーは残念そうに首を横に振りながら、立ち上がった。彼のジャケットの裾には、返り血のような赤黒い汚れが付着している。

「警告する………『忘我』のアネット、己を変えろ。己の運命に抗《あらが》え」

彼は去り際に言い残す。

「さもなくば――お前は何も得られない」

◇◇◇

三日間が瞬《またた》く間に経過した。

アネットは毎日のようにドブ川に通い、ミルクを器に注いで離れることを繰り返した。

アネットが姿を隠すと、オリーブは受け取ってくれるので、キャットフードも器に盛った。

オリーブは残らず平らげた。

意外にも食欲はかなりあるらしい。

空になった器を見て、アネットは嬉しそうに笑みを零《こぼ》すが、オリーブはいまだアネットが近寄ると逃げていってしまう。その際はさすがのアネットも表情を暗くした。

事情を察し始めた『灯』の少女たちもアネットを応援し始めた。

サラの意向により、直接的な支援はしなかったが、任務の際にはアネットに時間を与えるよう気を配った。彼女が動ける時間帯に商店が閉まっている場合は、代わりの誰かがミルクを買いに行ってあげた。ネコの飼育に関する本を買い与えた者もいる。

アネットは「俺様、感謝しますっ！」とお礼を言い、ドブ川に通った。

その間、クノーは姿を見せなかった。

一度だけ路地の奥を歩いている場面をアネットは見かけたが、クノーのジャケットは新たな血で汚れていた。

◇◇◇

一方で『鳳』の任務も着実に進行していた。

クノー以外のメンバー五人は、夜八時、港付近の工場に向かっていた。

金属加工を主とする工場だ。倉庫も兼ねた建物には、旋盤などの機械類が置かれ、奥には天井まで届くほどに木製コンテナが積まれている。役所に届け出ている書類上は、海外からの輸入品に加工を施し、国内他企業へ販売する業者だという。

新聞記事によれば、先月爆発音の騒ぎが起きたが、地元警察が確認したところ、ただの機械の不具合で片付けられたらしい。

『鳳』はその記事の違和感を見逃さなかった。

五人のエリートたちは町工場の出入り口をピッキングして開け、堂々と侵入する。

「うん、やっぱり変だよねぇ」

真っ先に気づいたのは、ファルマだった。彼女は妖艶《ようえん》な仕草で唇を舐め、並ぶ機械を指さした。

「旋盤やボール盤、ちょっと変な配置かなぁ。普通、こんな距離を詰めて置かないよぉ。飛び交う鉄くずが作業員にぶつかって邪魔になるからねぇ。ビックスくん？」

「はいはい♪　了解っと♪」

にこやかに返事をするのは、甘いマスクの柔和《にゅうわ》な笑みを湛《たた》える男――『翔破《しょうは》』のビックス。彼は人の身長を超す巨大な機械類に触れると、その怪力で容易《たやす》くズラしていく。

機械類がどかされると、工場の地面が抉《えぐ》られている様が見えた。

四方一メートル近い窪《くぼ》みには、ずらりと鉄パイプが敷き詰められている。

「この鉄パイプ、ライフリングの跡があるねぇ」

「ええ、即席の道具で銃を作る――やはり養成学校でのスキルですね♪」

今回『鳳』が突き止めたのは、犯罪組織『堕落論』の銃器工場だ。彼らは自身の武器を作りつつ、それをギャングに販売している事実が判明した。

証拠を確保するメンバーの隣では、『鼓翼』のキュールが自身の耳に手を当てていた。

「ねぇ、ヴィンド――」

「くだらない」

ずっと退屈そうな顔をしていたヴィンドが息をついた。ズボンのポケットに入れていた両手をおもむろに出す。

「敵の存在など言われなくても分かってる。とうとう覚悟を決めたか」

彼の両手には、既に二本のナイフが握られていた。

「コードネーム『飛禽』――嚙《か》み抉る時間たれ」

ヴィンドの姿が消えた――と見まがうほどの速さで彼は跳躍し、並ぶ旋盤の上を伝い、工場の横壁まで瞬時に到達する。

壁際《かべぎわ》にいた『堕落論』のメンバーらしき少年二人が拳銃を構えるが、遅すぎる。彼らが照準を定める頃には、ヴィンドのナイフは二人の肩口を同時に抉っていた。

ヴィンドと逆側の壁付近からは軽機関銃を取り出した少女が現れていた。本来ならば人間など容易く殺せる高火力の銃器。そこからも『堕落論』の危険度は窺《うかが》える。

が、やはり相手が悪い。

少女が軽機関銃を放つ前に、首元にピアノ線のような細くしなやかな糸が絡《から》みついていた。『浮雲』のランの仕業だ。「相手が拙者でよかったな。殺しはせんでござるよ」という間抜けな語尾を聞きながら、少女は意識を失った。

他にも潜んでいた『堕落論』の人間たちは、ビックスが押していく旋盤で腕を潰され、あるいはファルマの囁《ささや》きによって同士討ちに導かれる。

「……東にもう二名……西に一名……はたった今、ヴィンドがやったね……」

工場中央ではキュールが常に戦況を確認し、敵の居所を仲間に伝えている。

やがて彼女は大きく頷《うなず》いた。

「……うん、もう終わり。思ったより多かったね」

闘いは一方的な蹂躙《じゅうりん》で瞬く間に終わり、工場は静寂を取り戻した。

戦闘を行っていたメンバーたちは、キュールの下に集合していく。

ビックスが細身の少年を一人引きずりながらやってきた。少年は全裸だった。ビックスの怪力によって服を破られたらしい。一糸まとわぬ、怯《おび》え切った少年はファルマに引き渡される。ファルマは妖艶な微笑《ほほえ》みを見せて少年の素肌を撫《な》で「じゃあ、ファルマ無しに生きられないよう、この子の脳みそを快楽で上書きしてくるねぇ」と笑って、彼を荷台に乗せて戸棚の陰へ連れ込んでいった。

しばらくして少年のあられもない声が響き、キュールとランがやや恥ずかしそうに顔を伏せる。

「大分追い詰めてきましたね♪」

ビックスがヴィンドに笑いかける。

「幹部が各個捕縛されていって、余程焦《あせ》ったんでしょうね。この工場に誘《おび》き寄せ、ほぼ総力で『処刑人《しょけいにん》』を殺す博打《ばくち》に出た。でも結果は惨敗《ざんぱい》。残りは首領と幹部のみ♪　なぜ浮かない顔をしているんでしょう♪」

「……うるさい」

ヴィンドは迷惑そうにビックスから離れる。

「この工場には銃の完成品がなかった。既に売却されているようだ。ギャングの手に渡り、無辜《むこ》の市民に被害が及ぶと思うと、虫唾《むしず》が走る」

「へー、やっぱり気にするんですね♪　うちの偉大なボスは♪」

「当然だ。俺たちの役目は国を守ることだ」

「まぁ、安心してください♪　クノーくんから既に、銃の流出先を見つけた、という報告が入っていますよ♪　彼がそのギャングの警戒に当たってくれています」

ヴィンドは顔をしかめる。

「……その報告は俺まで上がってないが？」

「えぇ♪　ぼくが黙っていましたから♪」

「なぜしなかった？」

「あれ？　してほしかったですか？」

ヴィンドとビックスが睨《にら》み合い、強い火花を散らした。

ヴィンドの手は軽く動き、ビックスに殴りかかる寸前だった。ビックスもまた受けて立つように、僅かに足を開いた。

対立することの多い二人だった。

主にビックスが喧嘩《けんか》をふっかけることで発生する。互いに優秀な武闘派スパイ同士、譲れない部分があるらしい。

が、一際《ひときわ》大きい少年の声が聞こえてくると、興が削《そ》がれたように二人は離れた。

「みんなぁ、聞いてぇ？　最速記録更新だよぉ」

ファルマが楽しそうな笑顔と共に戸棚の陰から現れる。

「あの子、開始四分でファルマのことを『ママぁ』って言いだしたのぉ。早いよねぇ。ただ色んな意味でも早かった子だから、最終的に可愛《かわい》く泣き出しちゃいながら、最高幹部の情報と一緒に、振りまくったコーラ瓶みたいな勢いで精――」

「「語るな」」

男二人が本気で嫌そうに言い放つ。

かくして『鳳』たちはまた一つ、『堕落論』の壊滅に迫っていく。

ちなみに『鳳』があっという間に敵を排除し、情報を引き出していく傍《かたわ》らでは――。

「「「「はえー」」」」

見学していた『灯』の少女たちはただ感心していた。

◇◇◇

『鳳』と『灯』大半のメンバーが工場で過ごしている一方で、サラは一足先に陽炎パレスに戻り、動物小屋で働いていた。

冷え込む夜だった。

動物小屋の動物たちが風邪を引いてしまう、と判断した彼女は、仲間に断りを入れて抜け出し、ペットたちを屋内に移していた。ネズミを一匹一匹両手で包み、ケージに移す。

「サラの姉貴っ！」

その途中でアネットが勢いよく飛び込んできた。切羽詰まった表情でやってきた彼女は、物置に置かれた動物用の毛布に頭から突っ込んだ。

「えっ、どうしたんすかっ？」

「俺様っ、毛布を奪っていきますっ！」

そのままアネットは両手で抱えきれないほどの毛布を持ち上げ、ふらふらとした足取りで動物小屋から飛び出していった。

「オリーブが元気ないんですっ！　俺様っ、急ぎますっ！」

「あぁ、ちょっと……！」

サラが声をかけようとするが、ネズミたちは寒そうに震え、服に潜り込んでくる。彼らをケージに入れるのに精一杯で、アネットを止めるタイミングを逃してしまった。

◇◇◇

持ちきれない分の毛布を捨てた後、アネットは急いで路地に向かっていた。

先刻、彼女はドブ川で横たわるオリーブの姿を目撃していた。黒猫はいつになく大人しく、アネットには触れられない下水管の奥でじっと丸くなっていた。

明らかに元気がなかった。

普段通りにミルクやキャットフードを器に盛って、しばらく離れても、食べてくれる様子もない。いつもならば食欲旺盛で残さずに平らげるのだ。魚の缶詰やミルクなど品を変えても反応は同じだった。慌てて陽炎パレスまで毛布を取りに戻った。

薬や毛布を両手に抱え込み、アネットはいつもの路地まで辿《たど》り着く。街灯の明かりも届かない暗がり。建物の隙間を縫うように進み、まっすぐドブ川を目指した。

「ん……？」

途中アネットは足を止めた。

路地の奥から銃声が聞こえてきていた。断続的に響き続ける。撃ち合いが行われているようだ。風俗店に勤務しているらしき女性が悲鳴をあげながら、大通りへ走っていく。

アネットが立ち尽くしていると、建物の陰から、人相の悪い男が飛び出してきた。

手には、粗雑な造りをした拳銃が握られている。

何かから逃げるように男は必死の形相で走ってくる。アネットと衝突しかねない。

「どけっ、クソガキ！」

男の身体《からだ》がアネットとぶつかる寸前、建物の上から巨大なものが降ってきた。

クノーだった。

アネットを守るように立ち塞がった彼は、正面から男の突進を受け止め、その顔面を大きな手で摑《つか》む。

「コードネーム『凱風』──吠《ほ》え忍ぶ、時間……」

クノーの手には、細い機械が絡みついている。指一本一本を補強する機械のようだ。彼の手は男の顔を万力のように固定する。

「そうか、お前か──」

男はクノーを見て、苦しそうに舌打ちをした。

「お前がギャングを殺し回っている、酔狂な殺人鬼か……‼」

「……是《ぜ》」

クノーが言葉を告げた直後、男の顔面は果実が粉砕されるように砕かれた。クノーの強化された指が握りつぶしたのだ。飛散する血液でクノーのジャケットが汚れていく。

「……疑《ぎ》」

クノーが振り返った。

「……『ここに来るな』と何度も言ったはずだが？」

「一体、何が起きているんですかっ？」

「……戦場となっている…………『堕落論』の奴《やつ》らが流した銃が、ギャング同士の抗争を引き起こした……手がつけられん……」

クノーは、顔の潰れた男が握っていた銃を拾い上げた。

「……見境なく市民にも危害を加える輩《やから》は、既に殺した……避難も済んでいる。あとは、ギャング同士が無意味に潰し合うだけだが……」

アネットはクノーの横をすり抜けるように、駆け出した。

「俺様っ、オリーブが心配ですっ！」

「……否《いな》。少しは人の話を聞け」

一度走り出したアネットを止められる者はいなかった。

発砲音と悲鳴が断続的に響き渡る路地を、アネットは駆ける。途中転がっていた遺体を飛び越え、二階の窓から落ちて来る女性に構うことなく、流れ弾がツインテールの右の房を作る髪ゴムを吹き飛ばしても、アネットは止まらなかった。

息を切らしながら彼女が駆けるのは、珍しいことであった。

その表情には、いつもの軽薄な笑みはない。

道には別のギャングが立ちはだかる。疾走するアネットを敵対組織の襲撃者と思ったのか。彼が撃った銃弾は、アネットのツインテールの左の房の髪ゴムを飛ばした。再度彼が銃口を向けた時、背後から追いかけるクノーが正確に射撃した。

アネットはドブ川に辿り着くまでスピードを緩めなかった。ただ一心不乱に足を動かし続けていた。

そして、黒猫を初めて見かけた水路の分岐点まで辿り着く。

オリーブは血の海に横たわっていた。

肩口と股から出血している。流れ弾が飛んできたのか、オリーブの肩口には、赤い肉と骨に突き刺さる銃弾が見えた。

アネットは両手いっぱいに抱えた毛布を落としていた。

「オリーブ……」

ネコの名前を呼びながら、その身体に触れた。

「……今日は、俺様から逃げないんですか？」

黒猫はアネットの腕に収まった。

既に事切れている。

体温こそ残っているが、身体から魂は抜けている。何度もアネットは身体を揺するが、その目に光が戻ることはない。

「オリーブぅ……」

アネットは微《かす》かな呻《うめ》き声を漏らしながら、黒猫の亡骸《なきがら》に顔を押し当てた。ネコの身体から流れる血を擦り付けるように、顔を何度も動かす。

ドブ川にはクノーも追いついていたが、かける言葉も浮かばないように佇《たたず》んでいた。

発砲音は尚《なお》、止《や》まない。

ギャングたちによる抗争は続いていた。

クノーは知っていた。この争い自体『堕落論』の首領により扇動されたものだ。試作品の拳銃を売りさばくために『堕落論』の首領はデマを流して、ギャング同士の対立を煽《あお》った。

――無意味な闘争だった。

――全く価値のない殺し合いだった。

その時、ドブ川に新たな男が現れた。粗雑な拳銃を握りしめているところから、ギャングの人間だと推察できる。「お前たち何者だっ？」と銃口を向け、アネットたちを威嚇する。

アネットはオリーブから顔を離し、ギャングの男を見つめた。

男は悲鳴をあげる。その少女の顔は真っ赤な血が塗りたくられていたからだ。

「な、なんだ、お前……？」

「お前たちのせいで」アネットが呟《つぶや》く。「オリーブが……」

「オリーブ？」

男は不思議そうに首を捻《ひね》るが、アネットが抱えている存在を見て、鼻で笑った。

「なんだよ、ただのネコじゃねぇか」

「………」

「てっきり知り合いでも死んだかと思ったぜ。はっ、こっちの世界の住人じゃねぇなら用はねぇよ。さっさと大通りに消え――」

「俺様、区別がつかないです」

「あ？」

「俺様、人とネコの違いが分かりません。何が違うんですか？」

男は口を半開きにして、アネットを見つめる。まるで言葉が理解できなかったように、眉をひそめる。

会話が成り立つはずもない――アネットと男では脳の構造が違う。

「もしネコを殺しても許されるとお前が言うなら——」

アネットは右手でオリーブを抱えたまま、左手を伸ばした。

「——人だって殺していいはずですよね？」

そして殺戮《さつりく》が開始される。

◇◇◇

アランクで突如発生したギャング同士の抗争は夜九時には終了する。

クノーの働きによって民間人の死傷者はゼロに終わったが、ギャングの死傷者は五十人を超え、大きなニュースとして報道された。

地元警察だけでは対応できず、陸軍まで派遣され、そこには陸軍情報部ウェルタ＝バルト大尉も居合わせていた。あまりの出来事に他国のスパイが混じっていると考えた。

そして現場を見て、驚愕《きょうがく》する。

一部の遺体は原形を留《とど》めることなく、弾《はじ》け飛んでいたからだ。

現場の路地には至るところで爆発の痕跡が見られ、建物の二割が倒壊していた。

その邪悪な意思を感じ取ったウェルタは大きく動揺するが、ギャングの死傷者は抗争による相打ちとして処理をするしかなかった。

推定年齢十四歳の少女が、十三名のギャングを惨殺《ざんさつ》した事実は闇に葬《ほうむ》られる。

◇◇◇

警察や陸軍が行き交う路地から離れるように、アネットとクノーは歩いていた。黒猫の死骸を毛布に包んで進むアネットに少し遅れて、クノーが続いた。

クノーは新品のジャケットに着替えていた。血の付いたジャケットは捨てられ、既に灰となって処分されている。彼は黒猫の死骸も燃やしていくか、と提案したが、アネットは首を横に振った。未《いま》だ現実を受け止められないように亡骸を抱え続けている。

二人の歩く姿は夜に馴染《なじ》んでいた。

「……是」

クノーが口にした。

「こんな時でも泣けないんだな……おれたちは…………」

アネットの顔に付着した血は拭い取られている。

彼女は歩くペースを微かに落とし、クノーとの距離を詰めた。

「お前もオリーブを気にかけていたんですか？」

「……是。このネコはずっと縄張りから離れなかった」

「…………」

「……言い訳をさせてくれ。おれもネコを捕まえようとはした。この路地から逃がすために……だが、ネコがお前に懐《なつ》かぬように、おれにも触れさせてはくれなかった……」

仮面の中から溜《た》め息が漏れる。

「……闇から抜け出せないものだな……このネコも、そして、おれたちも…………」

「俺様っ、意味が分かりません……」

アネットは拳をぐっと握りしめ、振り向いた。

「俺様は何も悪くありませんっ！」

「……そう思うか」

「オリーブが死んだのは、全部アイツらのせいですっ」

「……否」

クノーは立ち止まり、アネットの横を通り過ぎ、追い抜かした。

「……おれたちは変わらなければならない。『血族』の運命から逃れるためには」

アネットは訝《いぶか》し気に首を傾《かし》げる。

結局『血族』という存在について、アネットは未だ詳しく聞いていなかった。クノーもまた説明は不要と言わんばかりに語らない。

クノーがアネットを置いて進んで行くと、横から明るい声が聞こえてきた。

「あ、クノーくんだ。何してるの？」「お、奇遇でござるな」

『鳳』の女性陣だった。

キュールとランの二人が手に買い物カバンを下げて、クノーに手を振っている。カバンの中から瓶同士が擦れ合う音が鳴っていた。

夜間営業をしている酒屋の前だった。『鳳』は任務が一段落すると、ラン以外の人間は酒を嗜《たしな》む習慣があった。

両手にワイン瓶を持ったファルマが店から出て「クノーくんだぁ」と頬を緩ませる。

「えーとねぇ、また任務中にビックスくんとヴィンドくんが喧嘩してねぇ、最終的にどっちが先にクラウス先生に一発当てられるか、で勝負を決めることになったんだぁ。今、試合観戦中に飲むお酒を買い込んでいるところぉ」

彼女たちは建物にそっと隠れたアネットには気づいていないらしい。

馴《な》れ馴れしく腕に触れてくるファルマに、クノーは息をついた。

「……否。まずお前は喧嘩を止めろ……」

「えー、でも『灯』の女の子たちは、もう勝負にお金を賭け始めてるよぉ」

「……ロクな連中がいないな、『灯』も」

クノーが立ち尽くしていると、ビックスが店外へ現れた。彼はクノーの姿を見ると、肩に腕を乗せて来る。

「もちろんクノーくんはぼくにベットしますよね♪　損はさせませんよ♪」

「……お前も酒を買いにきたのか」

「ええ、勝利した後に飲むために♪」

そして、ビックスの反対側には音もなくヴィンドが現れ、呆《あき》れた表情をしていた。

「ビックスの対抗心には困ったものだ。まぁ俺に賭けておけ」

「……一緒に買い物に来るくらいなら争うな」

ヴィンドの肩には、巨大な手提げカバンが掛けられており、中には大量の酒瓶が詰め込まれていた。ビックスとの試合を済ませた後、一晩で飲む気らしい。彼が酒豪かつ健啖《けんたん》家なのは、今に始まったことではなかった。

ヴィンドはクノー、そして建物の陰に隠れるアネットに気づいたように視線を向ける。

「お前も仕事は済んだようだな」

「……是《ぜ》」

ヴィンドはカバンからウィスキーのボトルを取り出した。

「酒はこれでいいな？　ご苦労」

回答も聞かずヴィンドはボトルを投げ渡した。

クノーが愛飲する、ムザイア合衆国産のブランド品だった。

『鳳』のメンバーたちは談笑しながら、陽炎パレスへ戻っていく。この分だと宿泊する前提なのだろう。時折背後を振り返ってはクノーに「早く来い」と声をかける。

それらのやり取りを、アネットは終始じっと見つめていた。

「――『忘我』のアネット……お前には分かるか……？」

クノーが口にした。

「……よく不安になるんだ…………アイツらが死んだ時、おれは涙を流せるだろうか……薄汚れた殺人鬼に、そんなものが望めるだろうか……と」

「…………」

「お前はどうだ？　『灯』の仲間が殺された時、果たして泣けるか……？」

アネットは何も答えない。

クノーは構わず言葉を続ける。

「……夢を見る……もしアイツらの、あるいは、自分の命が潰《つい》える瞬間を……」

「………」

「望めるなら、仲間のために死にたい……それができたら、おれは幸福だ……」

アネットは無表情のまま近づき、覗《のぞ》き込むようにクノーの巨体を見上げた。

仮面の隙間から見える、不安に満ちた瞳は年端《としは》のいかぬ子どものようでもあった。

◇◇◇

深夜こっそり寝室から抜け出したアネットは、陽炎パレスの庭の隅に移動した。ざくざくとスコップを振るって、穴を掘っていく。

普段、彼女が好んで使うドリルは用いなかった。

一回一回、スコップを硬い土に突き立てた。

洋館からは賑《にぎ》やかな声が響いている。『鳳』が『灯』の少女たちを巻き込んでの酒宴だ。

アネットは喧騒《けんそう》に混ざることなく、一心不乱に地面を掘り進め、やがて完成した穴の底にオリーブの亡骸《なきがら》を静かに置いた。優しく土を被《かぶ》せていき、完璧に埋め終わったところで、自ら作ったネコ用玩具《おもちゃ》を、墓標のように突き刺した。

「アネット」

　クラウスが歩み寄ってきた。

　アネットはしゃがみこんだ姿勢で、彼の胸元をじっと見上げる。視線の先には、普段ならば有り得ない現象があった。

　クラウスのワイシャツの第三ボタンが外れていた。

「……ん。あぁ、これか」

　クラウスは頷《うなず》いた。

「ヴィンドとビックスに突然、格闘勝負を持ち掛けられてな。奴《やつ》らも短期間で成長している。無傷で勝利することはできたがな」

　アネットは表情を変えなかった。

　クラウスの服のボタンを外すことなど、『灯』の少女たちには未だ達成できなかった偉業だ。しかし今のアネットにはどうでもよいことだった。

　クラウスは隣に膝をついた。

「辛《つら》いことがあったようだな」

　アネットはクラウスの肩に頭を乗せた。

「俺様っ、いつになく落ち込んでますっ」

「そうだな。何があったのか、ゆっくり教えてくれないか？」

アネットは端的に説明した。ある日出会った黒猫に強く惹《ひ》かれたこと。懐かないネコにオリーブと名前をつけ、毎日餌を与えていたこと。生きている間は触れることが叶《かな》わなかったこと。最終的にギャングの抗争の流れ弾に当たり、オリーブは命を落としたこと。

声のトーンは明るかったが、その端々に哀しみが滲《にじ》んでいた。

「…………」

「クラウスの兄貴？」

聞き終えた後、クラウスは口元に手を当てて沈黙した。

アネットが反応を促すように頭を動かすと、彼は墓標に腕を伸ばした。

「いや、あまり希望的観測を述べたくはないのだが」

「ん？」

「その黒猫は警戒心が強く、食欲は旺盛。縄張りから決して離れず、今日の昼間にはグッタリしており、夜には股から血を流して倒れていた……この理解で間違いないな？」

アネットは頷いた。

間違いないもなにも、伝えた事実の通りであった。

するとクラウスは「あくまで可能性として聞いてほしいんだが」と前置きをした上で、アネットに告げる。

「その黒猫は、子どもを身籠っていたんじゃないか？」

◇◇◇

クノー、そして、黒猫のオリーブとの出会いは、アネットを変化させる要因となった。

──『「忘我」のアネット、己を変えろ。己の運命に抗《あらが》え』

世界が痛みに満ちていても、これまで少女が本当の意味で痛みを自覚したことはない。常に自由奔放に振る舞い、堪《こら》えきれない時は暴力的な手法で発散させる。彼女の心が汚れたことは一度もない。

ゆえに今回与えられる絶望は、彼女の心に宿る何かを刺激する。

◇◇◇

アネットは再びドブ川に戻っていた。

陸軍や警察は生存者の捜索を諦め、捜査を引き上げたらしい。路地一帯は立ち入り禁止のロープで囲われていた。

アネットは迷う素振りもなくロープを切断し、ドブ川まで進んでいく。

クラウスの推測には一理あった。

事実あれほど警戒心の強かったオリーブが、この戦場となりえる路地から離れなかったのは奇妙だった。だが、出産前ならば理解もできる。産気が近づいたことで無闇に場所を変えられなかった。食欲旺盛なのは胎児に栄養を与えるため、外敵を警戒していたのは胎児を守るため。オリーブの行動は全て説明がつくのだ。

結局、アネットは至近距離でオリーブを観察できなかった。腹の膨らみに気づけなくても無理はない。だが死ぬ前に食欲を落としていたことから、出産間際《まぎわ》だったことは推測もつく。

オリーブの死骸は股から流血があった。あの時には既に産み終わっていたのかもしれない。

「オリーブの、赤ちゃん………」

アネットは懐中電灯を握り、幼い命を探した。

雨が降り出し、その小さな身体《からだ》をぐっしょりと濡《ぬ》らしても、捜索の手を止めなかった。

小一時間経《た》ったところで、下水管のそばにピンク色の塊を発見した。生まれた直後なのか。一部黒い毛が生えているが、大分部は肌を露出させた存在が三つほど並んでいる。

アネットは息を呑《の》み、そこに懐中電灯の光を向けた。

光が震える。

懐中電灯をしまうと、しゃがみ込み、その三つの塊を両手で包むように持ち上げた。震える唇を噛《か》みしめ、ゆっくり立ち上がり顔をあげる。

「――――」

彼女の口から呻《うめ》き声が漏れる。

目の前にあったのは、爆破痕だった。ドブ川を囲っていたコンクリートは破壊され、その瓦礫《がれき》がアネットの足元で転がっていた。

オリーブが産んだ三匹の赤ちゃんは、皆等しく瓦礫で圧死していた。

しかし、その直接の死因となったのは、ギャング同士の抗争でも不慮の事故でもない。

ギャングたちを殺すために、半狂乱でアネットが投じた爆弾だった。

オリーブの子どもはアネットが殺したのだ。

追想③　サッカー

「時間が空いたな」食堂でヴィンドがぼんやりと口にした。「サッカーでもするか」

「暇なら出て行けっ！」リリィが怒鳴り散らす。


かくして庭で開催されることになったスパイチーム対抗サッカー大会。

エリート集団『鳳《おおとり》』ではあるが、オンオフの切り替えがはっきりしていることも特徴だった。気を抜く時はとことん気を抜く。蜜月後半、陽炎《かげろう》パレスに入り浸っていた彼らは、その休憩時間に『灯《ともしび》』の少女たちを遊びに巻き込むことも多かった。

「『灯』が勝ったら、『鳳』は出て行く」という約束の下、サッカー勝負が行われた。

庭に目印として椅子を置き、簡易的なゴールを作る。審判はファルマとグレーテ、得点係はサラ。クラウスは不在。残りは全員選手。五点先取という形式である。

「はぁい、じゃあ始めるよぉ」

審判のファルマが笛を吹き、ジビアとリリィがパスを回し始める。審判、選手たちの視線は、自然とボールの方へ集まっていった。

真っ先に動いたのは、モニカだった。

「先手必勝っ！」容赦なく敵ディフェンダーへボディブローをぶちこむモニカ。

「ござぶうううううううっ！！！」突如腹を殴られ、悶絶《もんぜつ》するラン。

もちろん反則行為である。ランが力尽きるように倒れたところで、現場を目撃していたビックスが「審判っ⁉」と声を上げる。

審判であるファルマは、クッキーを頬張りながら首を傾《かし》げていた。

「えぇ～？　見てなかったぁ、ちょうどサラちゃんから差し入れがあったのぉ」

「……わたくしも特に見ておらず」惚《とぼ》けるように首を横に振るグレーテ。

審判二人ともプレーを見ていなかったので、反則はなし。ランは続行不可能という形で、退場していく。

嫌な予感を抱いて、キュールが審判団に詰め寄った。

「ちょ、ちょっと待って。うん、もう審判を変えよう！　どう考えても買収されて――」

が、その間も試合は続いている。審判が制止しない以上、インプレー。

ボールをドリブルしていたリリィが、余所見《よそみ》をしていたキュールに足をぶつけた。

「足がアアアアアぁっ⁉」地面に倒れ、のた打ち回るリリィ。

「…………え？」

ぴー、と審判のグレーテが笛を吹いた。

「……ペナルティエリア内でボール保持者の背後から足を引っかける、悪質なチャージ。レッドカードでキュール選手、退場です……」

「はあああああああああああああああああああああああああっ⁉」

抗議の絶叫をするキュール。

その足元ではリリィが苦悶《くもん》の表情で右足を抱え「全治二か月……！」「選手生命が断たれました……！」と呻いている。いかにもわざとらしい演技だった。エルナから「もうカードは出たの」と声をかけられると、「あ、治りました」と言って立ち上がる。

そのままＰＫをジビアが豪快なキックで決めて、『灯』一点リード。

「「「「…………………………」」」」

開始二分で二人ほど退場し、『鳳』のメンバーたちは理解する。

――これが『灯』のやり口か。

審判の死角で、敵選手を攻撃する。審判の前では倒れる演技で、ファールをもらう。

スパイとしての技術を遺憾なく発揮する辺り、実に憎たらしい。

「そっちがその気なら」ヴィンドが口にした。「俺たちもやり返せばいい」

そこからは泥沼の闘いが繰り広げられた。

『愚人《ぐじん》』のエルナは仲間とぶつかって「今、『鳳』に突き飛ばされたの！」と主張する。『夢語《ゆめがたり》』のティアは「ねぇ、ファルマさん。今のプレイ、反則をとってくれたら、エルナとアネットを抱き枕として貸し出すわ」と審判の買収を試みる。『翔破《しょうは》』のビックスはスローイングでボールをリリィの腹にぶつけ、彼女を強制退場。『忘我《ぼうが》』のアネットはボールをこっそり鉄球に入れ替え、敵の脚の破壊を試みるが、『凱風《がいふう》』のクノーに見抜かれて逆に反則で退場。『飛禽《ひきん》』のヴィンドは淡々とサッカーを続け、ゴールを量産する。形勢不利とみた『百鬼《ひゃっき》』のジビアはさりげなくゴールの位置をズラす。それを『鳳』メンバーに指摘されると、『氷刃《ひょうじん》』のモニカが惚けた後に挑発。両チームの間で乱闘が起きる。

唯一乱闘に加わらなかったクノーは「……否《いな》、サッカーをしろ」と呟《つぶや》くが、それを聞き入れる者は誰もいなかった。

最終的に彼以外はレッドカードで退場し、『鳳』勝利で決着はついた。

4章 case ビックス

陽炎《かげろう》パレスの談話室には、十四人の男女がひしめき合っていた。部屋のスペースに比して大人数である。ある少女は別の少女の膝の上に乗り、二人掛けのソファには三人が並び、肩がぶつかり合うような距離で集っている。

中央には、『飛禽《ひきん》』のヴィンドが居座っていた。彼はテーブルに置かれた書類を指でコツコツと突き、眉間に皺《しわ》を寄せている。

他の人間はそのヴィンドに一様に視線を送り、彼の発言を待っていた。

やがてヴィンドが「そうだな」と口を開く。

「『灯《ともしび》』がこの半年間で購入したものをリスト化してくれ。思い出せるもの全てだ」

彼の言葉に、黒髪の少女――『夢語《ゆめがたり》』のティアが疑問を挟む。

「それはどういう理由なのかしら？」

「スパイ活動に関わる費用は、対外情報室から支給される。三か月に一度以上は、クラウスは対外情報室に経費を請求しているはずだ」

『愛娘《まなむすめ》』のグレーテが静かな面持ちで頷《うなず》いた。

「……なるほど……確かにボスが書き物をしている時は多いですね」

「だが必要以上の活動費を請求していれば、業務上横領に問える。少しでもミスがあれば、脅迫できるかもしれない」

『氷刃《ひょうじん》』のモニカが腕を組む。

「ミス？　どうだろ。そんなヘマはしないと思うけどね」

「いいや、クラウスは悪筆だ。『2』と『5』の区別がつきにくい。奴《やつ》自身にミスがなくても、受け手側が間違え、請求以上の金額を振り込んでいたら――」

『草原《そうげん》』のサラが目を見開く。

「横領だ！――とイチャモンを付ける訳っすね」

ヴィンドは細かく解説してくれた。

そもそもスパイの経費精算は、職務の都合上、丼勘定。大雑把に請求し精査されることなく振り込まれる。高額な活動費を要求するスパイが、実のところ海外で夜な夜な遊び歩いているだけ、というのは世界中の諜報《ちょうほう》機関で発生する。

だが経費を実際にかかった以上に請求していれば、もちろん横領だ。国家の諜報機関に属するスパイの活動費の元は、もちろん税金。

「スパイが海外で高額の買い物をした時、それが正当な活動か、私利私欲の贅沢《ぜいたく》かは、かなり曖昧な基準で判断される。うまくやれば弱みとなる。『世界最強のスパイ』を自負する男にとって、横領など沽券《こけん》に関わるだろう」

ヴィンドは口にする。

「『鳳《おおとり》』は過去に似た手法で、他国のスパイを嵌《は》めたこともある。横領を疑われ、自国の援助を打ち切られたスパイは瞬《また》く間に孤立し、俺たちに寝返った」

その言葉に、周囲の少女たちは呻いた。

ジビアが呆然《ぼうぜん》と溜め息を漏らした。

「………………面白いな。あたしらじゃ浮かばないアイデアかも」

「お前たちは無計画にクラウスを襲いすぎだ」

ヴィンドがつまらなそうに言い捨てる。

――『灯』と『鳳』の合同訓練の光景だった。

『灯』のボス・クラウスは『鳳』に部下と同じ訓練を施していた。「僕を倒せ」という挑発的にも聞こえるクラウスからの課題に、当初の『鳳』は独力で挑戦したが、彼に惨敗《ざんぱい》を繰り返し、やがて『灯』の少女たちと合同で訓練に臨むようになった。

その中心として指揮を執っているのがヴィンドである。

「一旦、二組に分かれるぞ。半分は対外情報室の財務担当と接触し、もう半分は過去の経費資料などを――」

「ぷぷっ」

だがヴィンドがまとめに入った時、不愉快な嘲笑が挟み込まれた。

彼は苛立《いらだ》たし気な視線を向ける。

「どうした？　銀髪」

視線の先には、リリィが口元に手を当て、ぷぷぷ、と小馬鹿にするように噴き出すジェスチャーをしていた。

「いやぁ、スパイの実力はあっても、先生を攻める力はまだまだですねぇ。そんな作戦、先生には通じませんよ」

「……言いたいことはなんだ？」

「突然、わたしたちが襲撃しなくなったら、先生は察するに決まっているじゃないですか。対策を打たれるのがオチですよ」

「……っ」ヴィンドが一瞬唇を噛《か》む。「そうか、なら五名ほどは変わらず襲撃を――」

「ぷぷぷっ」

再度、噴き出すリリィ。うざい。

「裏で別の計画が動いている状態で襲ってしまえば、それこそ先生は察しますよ。『いつもほど必死さが見えない。裏で作戦が動いているな』って。この作戦は、一部のメンバーだけに伝えて動かすのがベストでしたね。全員いる場で伝える時点でもう失敗です」

「…………っ」

ヴィンドは不愉快そうに顔をしかめるが、反論の言葉を出せなかった。

その有様《ありさま》を見て、リリィが楽し気に胸を張った。

「ふふんっ！　格上とのバトルに関しては、わたしたちの方が上ですね！」

「お前たちも敗北続きだろうが」

ヴィンドが鋭くツッコミを入れるが、リリィのドヤ顔は変わらない。

これまで『鳳』に辛酸を舐《な》めさせられ続けてきたリリィにとって、それは譲れない一点だったらしい。勝ち誇ったように笑い続けている。

やがてヴィンドは深く息をついた。

「……分かった。まず意見を聞かせてくれ」

◇◇◇

『灯』と『鳳』の蜜月が始まり三週間が経過した。

もはや互いの存在に疑問を持たなくなっていた頃であり、活発に訓練が行われていた。

クラウスは『鳳』に訓練を施し、『鳳』は『灯』に技術を授ける。その当初の目的が回り始め、二つのチームがもっとも深く穏やかに過ごしていたタイミングである。

だが、それゆえ徐々に浮き彫りになっていくものもある。

二つのチームが並ぶことによって、各々《おのおの》が抱えている、歪《ゆが》みや問題が見え始めていた。

◇◇◇

横領冤罪《えんざい》計画を諦めた後、休憩をとることにした。

談話室にお茶菓子と紅茶が運び込まれ、一同は肩の力を抜く。

「そういや」豪快に紅茶を飲むジビアが口を開く。「『堕落論《だらくろん》』の件はどうなったんだ?」

『羽琴《はこと》』のファルマが間延びした声を上げる。

「もう終わったよぉ。アジトも突き止めて、幹部も大体捕まえたからねぇ。後は違うチームのお仕事かなぁ。結構あっさり片付いたなぁ」

臙脂《えんじ》色の髪を縛っている少女――『浮雲《うきぐも》』のランが頷いた。

「うむ。活動資金も奪ってやったでござる。後は干涸《ひから》びていくだけであろう」

以前の金属加工工場で行われた抗争で、『堕落論』は一気に壊滅する羽目になったらしい。ファルマが尋問した少年が、情報を洗いざらい吐いたという。彼らの犯罪活動によって得た金銭は、ある工作を施した一部の金以外、回収済み。

一応最高幹部含め三人が残っているらしいが、それはもう『鳳』の役目ではない。

活動資金、という言葉を聞き、リリィが頬を緩める。

「なるほど。じゃあ、そこの金庫にはたんまりお金が――あてっ！」

談話室の隅に置かれた、巨大な金庫。

そこに腕を伸ばしたリリィの手に、ヴィンドが投じた鉛筆がぶつかる。

「触れるな。明日の夕方、クラウスが対外情報室まで移送する。国庫に入る金だ。余計なことはするな」

「じょ、冗談ですよぉ。さすがに、わたしだって分別くらい――」

「最低一人、見張りを立てるか」

「本気で信用されてないっ⁉」

ランが金庫を守るように立ち塞がる。

聞けば、人一人が一生遊んで暮らせるほどの大金らしい。『鳳』はわざわざ新しい金庫を購入し、陽炎パレスに設置した。

リリィが手を擦りながら笑う。

「でも現金は先生が移送するんですね」

「額が額だからな。安全に越したことはない――」

言いながら気づいたように、ヴィンドが目を見開く。

「――そうだな、そこを襲撃するのはありかもしれないな。一度クラウスに現金を引き渡せば、後の管理はクラウスの責任だ。身動きが取りにくくなる」

リリィがこの展開を見越していたように頷いた。

「ふふん、そこまで方針が決まれば、後は『灯』が誇るパーフェクト参謀にお任せあれ！

グレーテちゃん、よろしくお願いしますっ！」

リリィに指名され、端で立っていたグレーテが一歩テーブルに近づいた。

彼女が具体的な策を練ることに、ヴィンドもまた何も言わない。彼女の智謀《ちぼう》は認めているようだ。

「そうですね……では、いくつかの案を――」

静淑な声で会議進行するグレーテの声に、誰もが耳を傾ける。

かくして『灯』と『鳳』の訓練はまた一つ進展していく。

そして、その光景に一人、冷ややかな視線を投げかける青年がいた。

◇◇◇

作戦会議が終わった後、グレーテは一人厨房《ちゅうぼう》に立って窓の外を見つめていた。

夜を迎え、強い雨が降り始めていた。風も吹き荒れ、雨が音を立てて窓ガラスを打ち付けている。伝う雫《しずく》を目で追いながら、彼女は未《いま》だ帰宅しない男性を想《おも》っていた。

（……ボスはまだお戻りにならないのでしょうか………？）

クラウスは、今日もまた国内の防諜《ぼうちょう》任務に駆り出されている。

予定はハッキリと聞いていない。彼に夕食を作るべきか悩む。いつもクラウスは「お前は僕の給仕係《きゅうじ》じゃない」と遠慮するのだが、用意すればなんだかんだ食べてくれる。

グレーテが佇《たたず》んでいると、ふと背後に人の気配がした。

「なんなんですか、あの温《ぬる》い策♪」

こちらを嘲笑《あざわら》う声。

息を呑《の》んで振り返ると、映画俳優のような甘いマスクをした青年が手を振っていた。

「どうも♪　水だけ飲みにきました」

――『翔破《しょうは》』のビックス。

『鳳』の中核を担《にな》う青年だ。養成学校全生徒で第二位の成績を収めた秀才。細身の体格からは考えられない怪力とその筋肉で武器を隠し持つ、『鳳』の戦闘員。

思わぬ人物と一対一になり、硬直するグレーテ。

ビックスは冷蔵庫からミネラルウォーターの瓶を取り出し、おかしそうに笑った。

「あー、そういえばアナタは男性が恐《こわ》いんでしたか♪　失礼しました♪」

グレーテは男性恐怖症を患《わずら》っている。

過去の経験から、クラウス以外の男性を前にすると竦《すく》んでしまう。スパイとして任務をこなす内に多少症状は緩和したが、二人きりの状況では未だ緊張を抱く。

それでも問わねばならなかった。

聞き間違いでなければ、ビックスは侮辱的な言葉をかけてきた。

「……『温い策』というのは、どういう意味なのでしょう？」

「別に？　言葉通りの意味ですよ♪」

ビックスは口元《くち》を緩める。

「他のメンバーからアナタの話はよく聞きます。クラウス先生を除けば、実質『灯』のナンバー2だと。ですが期待しすぎましたね♪」

先ほどの会議でグレーテが出した策が不満だったらしい。

彼はつまらなそうに吐き捨てる。

「――嫌いなんです♪　アナタみたいに飢餓感が足りない人♪」

その拒絶するような背中が去っていくのを、グレーテは唖然《あぜん》としながら見送った。

◇◇◇

キュールが浴槽に身体《からだ》を沈めながら口にする。

「まー、ビックスくんは毒舌だからね。あまり気にしないで。口と性格が悪いだけだから」

陽炎パレス内には大浴場がある。八人以上が同時に浸《つ》かっても余裕がある浴槽に、人が駆け回れるほどの洗い場まである豪華な仕様だ。汲《く》み上げられた地下水は最新のガス式設備で程よく温められ、浴槽に注がれていく。

雨足が強くなっているため、『鳳』は陽炎パレスに泊まっていくことになった。女性陣は空き寝室を使い、男性陣は談話室でそのまま雑魚寝《ざこね》する。

『鼓翼《こよく》』のキュールは、この大浴場をかなり気に入っているらしい。翡翠《ひすい》色の髪の少女は普段かけている眼鏡を外し、心地よさそうに湯船に沈んでいる。

洗い場では他メンバーの姦《かしま》しい声が響いている。

「アネットちゃんとエルナちゃんの身体は、ファルマが洗ってあげるねぇ」「の、のぉ！　恐いの……なんだか震えが止まらないの！」「俺様っ、この女は危ない気がしますっ！」

ファルマがスポンジを握りしめ、アネットとエルナが大浴場の端に追い込まれている。珍しくアネットが怯《おび》えていた。

その一方でグレーテは浴槽には浸からず、縁に腰をかけていた。普段は集団での入浴を好まない彼女であったが、この日は相談がしたくて大浴場に加わった。

ビックスから突然掛けられた批難を明かすと、キュールは同情するように頷《うなず》いた。

「彼、かなり腹黒いからね。優しい顔でネチネチ責めてくるタイプ。嫌だよねぇ」

そこで身体を洗い終わったジビアやランも浴槽にやってくる。

「おう、あたしも被害者だわ。昨日も合コンに連れていかれそうになった。しかも、すげえ煽《あお》ってくるし！　更にムカつくことに超つぇぇし！」

「今日、拙者も馬鹿にされたでござる！　たった三時間、寝坊しただけなのに！」

しばらくビックスに対する不平不満が続く。

陰口を叩《たた》きたかった訳ではないグレーテは口を噤《つぐ》む。

しかし特にジビアやランは彼にやられることが多いらしく不満の声がしばらく続いた。

ジビアに関しては訓練の延長線上らしく、ランに関しては自業自得な気もするが。

「んんー、ビックスくんは超真面目だからねぇ」

間延びした声が届いた。

ファルマが満足げな顔で浴槽に入ってくる。背後ではエルナとアネットが泡の山に埋もれて、疲弊しきったように横たわっていた。

「許してあげてねぇ。彼、色んなことを背負いすぎちゃっているのぉ」

穏やかな声で告げられ、ジビアとランが反省するように口を閉じる。

大浴場が一度静まり返る。

「……そうだね、ワタシ、正直ビックスくんの言いたいことも分かるかも」

キュールが遠慮気味に視線を向けてきた。

「グレーテちゃんは養成学校の時より、とても強くなったと思う。悔しくなるくらいに」

「…………」

「でもね、養成学校の時のグレーテちゃんには、恐いくらいの貪欲さがあったよ。それが失われている、という意味では間違っていないかな」

すまなそうな視線を向けられる。

キュールとグレーテは同じ養成学校の出身だ。そんな相手からの指摘に、グレーテはしばらく言葉を失った。

◇◇◇

自覚はあった。

ビックスたちの指摘は正鵠《せいこく》を射ており、それゆえに聞き逃せなかったのだ。

――今の自分には飢餓感が足りていない。

もちろん訓練や任務には全力で取り組んでいる。想い人が指揮する『灯』を支えるため、十全に活躍している。仲間からはモニカに次ぐ実力者として見られている自覚もあるし、その期待に応えられるよう、励んでもいる。

だが養成学校時代の方が熱量があったことは否《いな》めない。

――かつて、自分は愛に飢えていた。

父から侮蔑の言葉をぶつけられ、家族から捨てられ、グレーテはスパイ養成学校に辿《たど》り着いた。一度でいいから誰かから強く愛されたかった。必要とされたかった。そのために身を削ってスパイの技術を身に着けた。

文字通り死力を尽くしていた。

しかし、今のグレーテにはその飢餓感はない。

理由は明快だ。

――『グレーテ、お前は美しい』

クラウスからその言葉をかけられた瞬間、グレーテは人生でこの上ない幸福で満たされてしまったのだから。

◇◇◇

大浴場から上がったところで、玄関の方で扉が開閉する音がした。

慌てて髪と服装を整え、向かう。

帰宅したクラウスがジャケットにかかった雫を払っていた。傘を差してきたらしいが、それでも雨に濡《ぬ》れてしまったらしい。

「……ボス。本日もお疲れ様でした」

グレーテがタオルを差し出すと、クラウスは「すまないな」と口にした後、ん、と怪訝《けげん》そうな声を出した。

「グレーテ」

受け取ったタオルで身体を拭くこともなく、静かな視線を送ってくる。

「どうした？　浮かない顔をしているな」

「……お気づきになりますか？」

尋ね返すと、クラウスは不思議そうに「当然だろう？」と聞き返してくれる。

心が温かくなる。が、それではいけないと顔を伏せる。グレーテを困らせているのは、まさにその緩みなのだ。

クラウスに誤魔化せるとも思えないので、全てを明かすことにした。

想い人の顔をじっと見つめる。

「……わたくしは幸せなんです。自分の素顔を褒めてくれた方と出会えて、今もこうして隣にいるだけで、幸福を感じるのです……」

胸の前でぐっと拳を握りしめる。

「ゆえに分からなくなるんです……これ以上、何を望めばいいのか……」

スパイを志す者は、社会貢献か自己実現を望む者が多い。自国や家族を守るために動く者か、自分の実力を試したい者のどちらかだ。

『灯』には前者が多いが、グレーテはそのどちらでもなかった。

――ただ誰かに強く必要とされたかった。

そして、その願望は半ば叶《かな》ってしまっている。

クラウスは表情を変えることなく黙っている。

突然の吐露に当惑させてしまったか、と不安になり、慌てて頭を下げる。

「……すみません……ボスはお疲れのはずなのに、こんな愚痴を――」

「グレーテ」

彼は短く言葉を告げた。

「お前が幸せなら、それは素晴らしいことなんじゃないか？」

「……っ」

「だが、次の目標が欲しい、ということかもしれないな。お前の人生の決断に、僕が口を挟むべきではないだろうが……」

クラウスはしばし悩んだ後、小さく頷いた。

「僕はスパイだからな。部下であるお前には、更なる成長を期待するよ」

◇◇◇

雨が上がった快晴の翌朝、グレーテは武術用の道着を纏《まと》っていた。

龍沖《ロンチョン》という極東の国に行った際、誰かがお土産として買ってきた。長袖長ズボンで身体を包む、龍華《りゅうか》文化の装《よそお》い。カンフーと呼ばれる武術を志す者が着るらしい。

修行に適している服装だ。

一戦目、リリィの部屋を訪れる。

「……リリィさん」右手を差し出し、くいくいと指を振る。「……お手合わせを」

「突然どうしました？」

起床直後のリリィが眠そうに目を擦りながら、呆《あき》れ声を出した。

そのまま部屋で組手を行うが、リリィはあっさりグレーテの足を払った。任務では前線で身体を張る機会の多い彼女である。大分手を抜かれたが、グレーテはベッドに投げ飛ばされ「あぅ」とあえなく完敗した。

二戦目、グレーテはティアの部屋を訪れる。

「……ティアさん」再度右手を差し出し、くいくいと指を振る。「……お手合わせを」

「えー、どうしたのー？」

ティアは理解できないように瞬《まばた》きをした。

一応組手には付き合ってくれ、先ほどよりは善戦する。だが体力ではグレーテの方が大きく劣る。バテ始めたところでティアに右腕を摑《つか》まれ、護身術の身の動きであっさり捻《ひね》り上げられると、グレーテは「ギブアップです……！」と音を上げるしかなかった。

三戦目、グレーテは諦めない。

「……サラさん」動物小屋で出会った彼女に、指をくいくい。「……お手合わせを」

「一体何があったんですかっ‼」

動物小屋でサラは頓狂な声をあげながらも一応、付き合ってくれた。

『灯』結成当時はほぼ互角だった彼女だが、ここ最近はモニカに訓練をつけられ、成長している。両手で突き飛ばされ、割とあっさり負けた。

三戦三敗。

落ち込んでいると、サラが不思議そうに「なにゆえっすか？」と理由を尋ねてきた。

「……初心《しょしん》を取り戻すための百人組手です」

「後九十七人も闘うんすね……」

サラは引き気味に笑うと、なにかしらの事情を察したように「多分、グレーテ先輩が伸ばすべきなのは、そこではないかと」と呟《つぶや》き、グレーテの袖を引いた。

案内してくれたのは、陽炎パレスの庭だった。

「あっちの世界に付いていけると思います？」

サラが苦笑しながら、人差し指で示す。

――目まぐるしく動く五つの影があった。

花壇やレンガで美しく舗装された庭で苛烈なバトルが繰り広げられていた。ワイヤーが張り巡らされ、陽炎パレスの屋上から飛び降りた人間は、ワイヤーを足場にし、まるで空中を駆けるように移動していく。

視界の端で誰かが壁を駆けあがったと思った瞬間には、また別の端では獣と見まがうような速度で誰かが移動。瞬き一つする間に、金属同士がぶつかり合う音が数度響いた。

「モニカ、ビックス、そっちにボスがいったぁ！」

「了解」「任せてください♪」

五人ほどの人間が格闘訓練に臨んでいるらしい。

モニカ、ジビア、ビックス、ヴィンド、クラウス。各チームを代表する戦闘員五人。

四人の人間がクラウスを追い掛け回している。人間離れした身体能力は大前提。ワイヤーや投げナイフを駆使するが、それでも緩急自在のクラウスは捉えられない。

「…………」

グレーテはただただ固まる。

レベルが違いすぎる、戦闘を極める者たちの世界。

さすがに、そこへ踏み入っていく気概はなかった。


どうやら問題を指摘した当人を避けては通れないようだ。

陽炎パレスの庭の隅に、訓練終わりのビックスの姿を発見する。

クラウスとの格闘訓練で相当疲弊したらしく四肢を投げ出すように石畳《いしだたみ》の上に横たわっている。全身から汗を流し、近づくと男特有の汗のすえた臭いがした。

離れたところからミネラルウォーターの瓶を転がし、グレーテは庭木の陰に隠れた。

「……ビックスさんにお尋ねしたいことがあります」

「なんで遮蔽物越しなんです？」

呆れた声でツッコまれるが、もちろん男性が苦手という理由に他ならない。

顔を合わせないまま会話を交わす。

「アナタがスパイの高みを目指す理由はなんですか？」

「理由なんていります？」

ビックスは礼を言って、ミネラルウォーターの栓を開けた。

「単純に不愉快じゃないですか♪　自分より強い連中がいるって♪」

思ったよりシンプルな動機だった。

しばらくビックスがうまそうに水を飲み続ける音が続く。

「……それだけですか？」

「ええ♪　そんなものです♪」

ビックスの爽やかな笑い声が聞こえた。

「ぼくね、ガルガド帝国のスパイに両親を殺されているんですよ♪」

え、と思わず聞き返した。

重たい過去をあっさりとカミングアウトされた。

「でも、それが理由かって聞かれると、違う気がしますね。単純にヴィンドくんに置いて

行かれるのがムカつくっていう感情もありますし……まぁ、うまく説明できませんよ♪

動機なんてそんなものじゃないですか？」

「…………」

「衝動を突き詰める――ぼくたちにできるのはそれだけです♪」

ビックスは一方的に語り、ミネラルウォーターのお礼を再び伝えて立ち去って行く。

彼は言いたいことをこちらの事情を気にせず伝える悪癖があるらしい。


自室に戻ってグレーテは鍵をかけ、カーテンを閉め、変装を解く。

顔の左半分を覆う痣《あざ》が露《あらわ》になる。

――ずっと隠している自身の素顔。

自身の原点はここにある。生まれつきの痣。父や兄から疎《うと》まれ、捨てられ、誰かに愛されたいと強い願望を抱いた。この素顔を褒めてくれたクラウスに惹《ひ》かれた。

――衝動を突き詰める。

失っていた飢餓感を捜し出す。愛されたい、という強い感情。

（ボスは期待してくれている……スパイとしての次なる成長を……）

たとえ幸福に浸ろうとも、想《おも》い人への愛情だけは絶えない。愛《いと》しい彼の眼差《まなざ》しに応えるためには、目指すしかない。

――スパイとして高みの次元へ。

そこへ辿《たど》り着ける方法は教わっていた。

スパイの闘い方。養成学校の最終講義で習う概念。己の特技を生かし、敵を欺き倒す、自分だけの騙《だま》し方。

「……詐術」

自身の生き方を全て、スパイの技術として昇華させる。

大丈夫、と独り言《ご》ちる。その答えはもう見つけられている。

◇◇◇

休憩を終えたビックスが陽炎パレスの庭を歩いていると、先ほどの自分と同様、石畳に横たわる、無様なヴィンドを発見した。服には真新しい綻びが増えている。

その彼を見下ろせる位置までビックスは歩み寄った。

「ぼくの休憩中にまた敗北したんですね。よくそんなハイペースで挑めますね♪」

「……うるさい」

不機嫌そうな返答をしてヴィンドは身体《からだ》を起こした。

「残された時間は多くない。『鳳』か『灯』、どちらかが国外に行けば、このレベルの訓練はできなくなる。一回でも多く挑むべきだ」

震える膝で立ち上がろうとしている。またクラウスに挑戦する気なのだろう。

仲間と策を弄してクラウスを嵌《は》める訓練とは別に、ヴィンドとビックスは格闘訓練として、正面からクラウスに勝負を申し込んでいた。搦《から》め手などは使わず、ただナイフ一本でクラウスと闘う。

ヴィンドの執念は異常だった。

一日に何度もクラウスに突撃しては敗北を繰り返している。高慢なヴィンドが連敗する姿に、『灯』の少女たち含む他メンバーは正直胸がすく心地もあったが、今では畏怖の念さえ抱いていた。

他のメンバーが行うのは、いわばクラウスの胸を借りる試合みたいなものだ。どれだけ真剣に取り組んでいても、やはり負けて元々という空気がある。

しかしヴィンドは一戦一戦、死闘に挑んでいる。

歴然とした実力差など見えていないように、クラウスを殺しにかかるような勢いで飛び掛かり、火花が散るほどの力でナイフをぶつけ合う。

気づけば、その鬼気迫る姿勢は『鳳』だけでなく『灯』にも緊張感を与えていた。

まさに修羅とも表現すべき彼の訓練姿勢。

ただ、ビックスはその姿を見ていられなかった。

「もっと仲間と連携しましょうよ♪」

立ち去ろうとするヴィンドの背中に呼びかける。

「今後、クラウス先生と同クラスの格上と相対する時、今みたいに独力で挑んで、惨敗《ざんぱい》する気ですか？　間抜けなんです？　一人では任務を達成できない時もあるんですよ♪」

「…………」

「ぼくたちも『灯』のように、協力していくべき。どうしてそれが分からないんです？」

振り向いたヴィンドは、酷《ひど》く冷たい目をしていた。

「――くだらない」

「……っ」

「仲間だの連携だの、聞こえのいい言葉を賢《さか》しらに吐くのはさぞ心地いいだろうな。だが実際問題、お前は俺の動きについて来られるのか？」

ビックスは強く拳を握りしめる。

彼がここまで傲慢な態度を見せるようになったのはいつからだろうか、と歯噛《はが》みする。

スパイの任務になると、人を見下し、嘲り、そして拒絶するような瞳を向ける。

ヴィンドは呆れたように肩を上下させた。

「お前のセリフは『自分の低い次元に合わせてくれ』という懇願にしか聞こえない」

喧嘩《けんか》を売っているのだ、と理解する。

上等だった。

「コードネーム『翔破』――浮かれ砕く時間ですよ♪」

ビックスはそっと腕を振り、身体に隠し持っていた鞭《むち》を取り出し、思い切り打ちつける。

ただの奇襲ではない。

ビックスの怪力を発揮すれば、どんな一撃だろうと必殺に成り得る。

鞭の先端は音速を超え、空気が爆《は》ぜる音を立て、ヴィンドの身体に直撃する。その身体が大きくよろめいた。

捉えた、と感じた刹那、ヴィンドの身体が消えた。

「コードネーム『飛禽《ひきん》』――噛《か》み抉《えぐ》る時間たれ」

次に首筋に冷たい温度を感じ取る。

ナイフの峰が当てられていた。

「やはり弱いな」

声が聞こえてようやくヴィンドが自身の横に移動し、ナイフを構えていることに気が付いた。いつ見ても理解が追いつかない。

受けた攻撃を流し、敵に奇襲をかける——反撃瞬殺。

ビックスの記憶よりも数段速い。クラウスとの訓練で更に研ぎ澄まされたか。

「今のお前如《ごと》きでは俺のサポートにもならない」

「…………っ」

鞭を取り落とす。

ヴィンドはつまらなそうに息を吐き、ビックスから離れた。議論は終わったとその背中で物語っている。

「……アーディさんは」

ビックスが呟《つぶや》いた。

「……今の状況を見て、なんて言いますかね？」

「アーディは死んだ」

ヴィンドは冷たく言い放つ。

「——今は俺が『鳳』のボスだ」

◇◇◇

ビックスは今の『鳳』に危機感を抱いている。

先の任務、クノーからの報告をヴィンドに伝えなかったのは、ただの意地悪ではない。

ヴィンドは気づかねばならないのだ。ビックスから伝えられるまで、クノーのことなど、まるで気に掛けなかった事実を。

それこそがまさに――今の『鳳』が抱えている歪《ゆが》みだった。


『焔《ほむら》』が崩壊した直後、ディン共和国のスパイ網は壊滅的な状態だった。

共和国のスパイ事情に精通する『炬光《きょこう》』のギードが離反し、対ガルガド帝国の諜報《ちょうほう》活動に励んでいた同胞たちは次々と殺された。

『焔』唯一の生存者、『燎火《かがりび》』のクラウスの奮闘だけでは限界があった。

対外情報室の室長は、全二十七か所の養成学校から成績優秀者を集め、急遽《きゅうきょ》卒業試験を執り行うよう命じる。

その中でトップ6の成績を収めたメンバーで結成されたのが『鳳』だ。

まさにドリームチーム。卒業試験第一位、当時の『残響《ざんきょう》』のヴィンドは、かつて『焔』の伝説的な狙撃手『炮烙《ほうらく》』のゲルデから手解《てほど》きを受け、教官を凌《しの》ぐ実力者であった。第二位、『機雷《きらい》』のビックスは格闘技術に優れ、訓練の際、紛れ込んだガルガド帝国のスパイを二人拘束した実績がある。第五位、『投影《とうえい》』のファルマは既に優秀なスパイとして活躍していた兄と同等の才能を有しており、次世代最強の女スパイとして注目されていた。第六位『髑髏《どくろ》』のクノーは連続殺人犯として投獄されたという異色の経歴を持ち、第四位、『怜悧《れいり》』のキュールは卒業試験でクノーと争い、勝利を収めてみせた。

偶然が重なり卒業試験で第三位の成績を収めた『染織《せんしょく》』のランを除けば、各養成学校のトップを張っていたエリートばかり。

そんな新チームのボスに配属されたのは、まだ二十代後半の女性だった。

「えー、無理無理無理無理無理無理無理無理無理無理無理無理無理無理無理無理無理」

結成当初、その女性はよく嘆いていた。

――『円空《えんくう》』のアーディ。

かつては海軍情報部に所属し、四年前、対外情報室に引き抜かれたという。丸く刈り揃《そろ》えられた髪型の、真面目そうな女性だった。実力こそあるが経験は浅いエリートを導くのが、既にスパイとして多くの任務をこなしている彼女の役割だった。

が、初対面時、彼女は「無理ぃ！」と子どものように喚《わめ》き散らしていた。

聞けば経験豊富と言っても、ずっと組織の下《した》っ端《ぱ》で雑用をこなしていただけらしい。対外情報室が人材難でなければ、まずチームのボスにはなれないような存在。

「絶対さぁ！　みんな、あたしよりずっと優秀だよねぇ！　いやぁ！　なんであたしがボスなのかなぁ！　こいつはぁ、大変ですなぁ！」

全く話にならないアーディに誰もが閉口したのを覚えている。

――本当に大丈夫か、このボスで。

そう視線を交わし合い、メンバー内で不安を共有した。

最悪、事実上のボスは別に据えればいいか、と考え始めたところで、塞ぎ込んでいたアーディは突如、顔をあげた。

「コードネームを変えよう！」

「「「「は？」」」」

「もうヤケクソだよぉ！　みんなで一つのチームを作るからね。揃えよう、揃えよう！　それがチーム作りの第一歩だよ！」

その後、アーディは吹っ切れたような高いテンションで喋《しゃべ》り続け、自己紹介や役割の任命などを行っていった。

――贔屓目《ひいきめ》に見ても優秀なスパイとは言えなかった。

――しかし決して無能なボスではなかった。

彼女の明るさは、初めて任務に挑むビックスたちの緊張を和らげた。エリート同士で生まれるプライドの軋轢《あつれき》を緩和していった。最初はメンバー同士の協力など皆無だったのに、アーディを支えるために連携しなければならなくなった。

任務地で突然「ごめん、みんな！　そこで迷子を拾ってきちゃった！」とトラブルを持ち込んでくるアーディに、ヴィンドとビックスが「戻してこい、バカ女」「スパイが他国で慈善事業をしてどうするんです♪」と冷たく睨《にら》み、ファルマが「まぁ良いんじゃないのかなぁ」と宥《なだ》め、キュールが「また担当の調整が必要ですね」と眉間を抓《つね》り、クノーが「……是《ぜ》。これで何回目だ」と息をつき、ランが偉そうに腕を組みながら「うちのボスは仕方ないでござるな」と受け入れる。

ボスの尻拭いをするため、自然と部下は鍛えられていった。

任務中に何度も「へい、みんな！　また謝りたいことができた！」と開き直るアーディを罵倒しながら『鳳』はまとまっていった。

——ゆえに彼女が亡《な》くなった日、『鳳』は大きな欠損を抱えた。

龍沖の地でアーディは現地のマフィアに殺された。任務とは関係のない子どもを庇《かば》って銃弾に撃たれるという彼女らしい最期《さいご》だった。

彼女の殉死は直ちに対外情報室に報告していたが、通達されたのは「次のボスはしばらく派遣できない」という虚《むな》しい知らせ。対外情報室の人材難は続いていた。

ボス不在という危機に、残ったのは経験の浅い新米スパイだけ。

そんな状況の中、メンバーを引っ張り始めたのはヴィンドだった。

「次のボスが見つかるまで、俺が『鳳』を導く」

冷たい瞳で彼は宣言した。有無を言わさない声音だった。

実際、彼はよくやった。指揮を執りつつ、最も危険な潜入任務は彼自ら実行した。他のメンバーをケアしつつ、必要とあらば冷酷に敵を屠《ほふ》る。

最初はそれでよかった。

しかし、それが新たな問題を作り出していた。

——ヴィンドの成長速度に、誰も付いていけなくなった。

◇◇◇

格闘訓練――というよりも一方的な殴り込みが終わったところで、クラウスが「任務だ」と口にして、外出していった。

これから「偶然、仲良くなった時計職人」という体《てい》で、ガルガド帝国から訪れた貿易会社の社長との昼食らしい。うまくやればディン共和国のスパイを送り込むパイプができる。重要な任務の直前だろうと訓練に付き合う余裕を見せつけられた。

そのタイミングで談話室へリリィから招集がかかった。

談話室にはティアとキュールが何かをノートに書き留めている。

どうやら作戦が完成したらしい。

クラウスを除く『灯』と『鳳』全メンバーが集まったところで、グレーテが練り上げた計画を発表した。

「……現金輸送前のボスを襲撃しましょう」

今日の夕方、クラウスは現金を対外情報室の本部へ移送する。

そこを全員で襲うという。

思いの外シンプルな作戦に、ヴィンドが顔をしかめた。

「輸送前？　輸送中じゃないのか？」

「大金を輸送している最中となれば、ボスは普段以上に気を張っているでしょう。まず勝ち目はありません」

「だが結局、戦闘での勝負か……認めたくないが、輸送前でも勝機は薄いと思うが」

「ええ、まずありません」

グレーテは首を横に振る。

「それに乗じて、ボスの身体《からだ》に発信機を取り付けることが本命となります。例の横領の冤《えん》罪《ざい》計画を成功させるために、対外情報室の財務担当と接触する必要があるでしょう」

一度破綻したように思えた作戦を実行するという。

今度はランが不思議そうに首を傾《かし》げる。

「ん？　だがリリィ殿の話では、それを知った我々がクラウス殿と接触すれば、クラウス殿は違和感を抱き、作戦を看破してしまうのではないか？」

「ええ、ですので『灯』と『鳳』がコンビを組んで襲撃を行います……不慣れな組み合わせですので、多少の違和感がある方が自然でしょう」

「なるほどでござる。違和感を消すより、あえて違和感を残すか」

ランが納得するように頷《うなず》いた。

「そう！　つまり『灯』と『鳳』の友情作戦です！」

部屋中央でリリィが拳を掲げる。

「かつて龍沖で争った過去など水に流しましょう！　今や共にディン共和国の諜報網を担《にな》う同志！　我々が生む結束の絆《きずな》は、クラウス先生をも超えるはずですよ！」

えらく力の籠った声だった。

その勢いに押されるように、グレーテがペアを発表していく。基本『鳳』一名に対して『灯』一名が付くという。ヴィンドにはモニカ、ファルマにはサラ、とメンバーが割り当てられた。

ビックスのコンビとなったのは、ジビアだった。

「……お前とペアかよ」

「我慢してください♪」

嫌そうな表情を浮かべるジビアを、ビックスはにこやかな笑顔で迎える。

その後、コンビはそれぞれの持ち場へ離れていった。『灯』の少女たちは既に把握しているようで「キュールお姉ちゃん、玄関の方なの」「うん、急がなくても大丈夫だよ」と、「クノーさん、私たちは屋根からよ」「……是。了解した」と陽炎パレス各所に『鳳』を誘導していく。

ビックスはジビアに先導される。

「あたしらも行くぜ。隠し通路のすぐ横だ」「ん。ええ♪」

隠し通路とは、擬態用の宗教学校と陽炎パレスの敷地《しきち》内を結ぶ地下通路のこと。昼食から帰ってきたクラウスを真っ先に襲うポジションだ。

やることはシンプルな格闘。

嫌でも午前中の敗北、そしてヴィンドから受けた拒絶を思い出す。

渡されたサンドウィッチを食べながら、待つこと一時間弱。戻ってくるクラウスの足音が聞こえてくる。

地下から現れたクラウスを挟み込むような位置に移動する。

「行くぜ、ビックス！」

ジビアの声を聞きながらビックスは手にした煉瓦《れんが》を、クラウスの右側面から投じる。ジビアはそのタイミングに合わせるよう、クラウスの左から喉めがけてナイフを突き出す。

何度か動いて分かったが、ジビアは他人と息を合わせるのが抜群に上手《うま》い。態度に反して、かなり繊細な配慮が端々に垣間《かいま》見える。

クラウスも同時に対処する選択はせず、逃げるように前進して回避する。

（こんな風にヴィンドくんと連携が取れたら、どれほど良いでしょうね……）

そう思わずにはいられない。

本来、自分たちは並び立つような関係だった。卒業試験では一位の座を争い、『鳳』結成当初は共に肉体派のスパイとして前線で鎬《しのぎ》を削ってきた。

なのに、いつの間にか彼の背中が遠のいた。

走って距離を取るクラウスの背中を追いながら、拳に力を込める。

（強くなりたい……!!）

地面を思いっきり踏み込み、強く蹴りつける。己の怪力は爆発的な加速を生じさせる。

緩急のキレこそヴィンドには及ばないが、一時的なスピードとパワーだけなら、自分はここにいる誰をも凌駕《りょうが》する。

（ヴィンドくんと並び立てるように！）

ジビアやビックスだけでなく、別の場所で待機していた仲間も戻ってきたクラウスを囲むように動いている。

ほぼ全方位からの攻撃。一人の人間には対処などできないはずだが――。

「ところで――このお遊びには、いつまで付き合えばいい？」

心が浮き立つ瞬間を狙い撃つように、冷ややかな声は響く。

◇◇◇

陽炎パレスの談話室に十四人の人間がワイヤーで縛り上げられ、転がされていた。

エリートも落ちこぼれも区別なく、皆、両手足を拘束され、横たわっている。ここ最近ではもはやお馴染《なじ》みの光景だ。

その中央ではクラウスが涼し気な顔で手を叩《たた》いている。

「多少人数が増えただけで、代わり映えしないな。結局、突っ込んでくるだけか。あまりに工夫が足りていない」

「うぅ、発信機をつけることさえできないなんて……」

リリィが悔しそうに震えている。

『鳳』と『灯』の息の合ったコンビプレイだったが、結局はクラウスに屈するしかなかった。どれだけ力をかけようとも、彼には単純な戦闘で勝ることはない。

クラウスは拍子抜けしたように首を横に振る。

「これから対外情報室の本部に出かけてくる。よく反省しておくように」

現金を移送するのだろう。

ズレた眼鏡で倒れているキュールに「暗証番号は？」と聞き出し、彼は談話室に置かれた金庫に手をかけた。


「ん……金がない」

数秒後、怪訝《けげん》そうな声が聞こえてきた。

「ヴィンド、お前たちが確保したという現金はどこにある？」

「は？」

「金庫にないぞ」

直後『鳳』メンバーが驚愕《きょうがく》の声をあげ、慌てて身体を起こし始める。

クラウスが開いた金庫の中身は、完全に空っぽだった。硬貨一枚たりとも入っていない。

彼らが入れたはずの現金がそっくり消えていた。

「いや——おかしい」

ヴィンドがすぐに声をあげた。

「金庫には見張りを置いていた。ナンバーは誰にも教えていない。開けられる訳が……」

陽炎パレスであろうと『鳳』は気を抜いていなかった。彼らから見れば『灯』の少女たちは出会ったばかりで、誰かが邪念を抱かないとは限らない。決して金庫の前から離れず、暗証番号は誰にも教えていなかった。

『鳳』がクラウスに現金を引き渡すまでが、彼らの仕事である。強い責任感の下、彼らは仕事を継続していた。

「──あ」

そこでランが間抜けな声を出した。

他メンバーからの視線が集まったところで、彼女は申し訳なさそうに目を伏せて、語りだした。

「さ、さっきヴィンド兄さんがやってきて、拙者に開けるよう命じて──」

納得がいったようにヴィンドが頷く。

他人に完璧に成り済ませる程の変装技術を有するのは、一人だけだ。

「赤髪、お前の変装か」

「……はい、わたくしたちが盗みました」

談話室の隅で縛られていたグレーテが自力で拘束を解きながら、頷いた。

「……『灯』全員で『鳳』を誘導し、金庫の前にランさんしかいない状況を作りました。金庫内の現金は、別の場所に移してあります」

「裏で『灯』だけに別の計画が伝えられていたか」

ヴィンドが悔し気に唇を噛《か》んだ。

「だが目的が分からない。なんのためだ？」

「……ボスを脅迫するためです」

グレーテはヴィンドから視線を外し、クラウスを見据えた。

「……ボス。現金を渡してほしければ『降参』の宣言を」

クラウスが愉快そうに目を細める。

「断ると言ったら？」

「処分します。わたくしたちは失っても構いません。この場合、責任を問われるのは金銭を保持できなかった『鳳』ですので」

「「「「――――っ‼」」」」

『鳳』全員が目を丸くし、言葉にならない声を発した。

ようやくグレーテが仕掛けた策の全容が明らかになった。

『灯』『鳳』合同でクラウスを襲撃する――と見せかけて『鳳』のメンバーを誘導し、金庫の中身を盗んで、クラウスを脅迫するというもの。

　ここぞと言わんばかりにリリィ、モニカ、ジビアが誇らしげな笑みをみせる。

「当然ですよ。このお金をクラウス先生に引き渡すまでが『鳳』のお仕事ですもん」

「まぁキミたちが勝手に陽炎パレスに現金を保管したってだけで、ボクたちに何の責任もないし？」

「残念だなぁ、しかも都合がいいことに縛られて、何もできねぇじゃねぇか。あ？　文句あんなら、あたしらが盗んだ証拠を出せよ、証拠を」

　ノリノリで詰め寄る少女たち。

　対して『鳳』のメンバーは顔を引き攣《つ》らせていた。

「無茶苦茶でござる、コイツら」「証拠も何も、さっきグレーテちゃんが『盗みました』って言っていたじゃん」「……是《ぜ》。友情作戦はどこへ行った？」

　しかしどれだけ言葉を並べても『鳳』が金を盗まれた、という失態には変わりない。

　傍《そば》で会話を聞いていたクラウスが腕を組んだ。

「まぁ『鳳』が任務に失敗しようと、僕は別に気にしないんだが」

「気にしろ」とヴィンド。

「だが国庫に入る予定の大金を失うというのは、スパイとしてみすみす見逃せないな」

そう、ヴィンドたちが奪った『堕落論』の活動資金は、二百万デントという超高額。人一人の生涯年収にも迫るような金額だ。

これが国庫に入り、対外情報室の予算に計上できれば、幾人かのターゲットを買収できるだろう。福祉に使われれば、生活困窮者が人並みの生活を送ることができる。

その事実をクラウスは簡単には見過ごせないはずだ。

「……さぁ、ボス。ご決断を」

グレーテが一歩クラウスににじり寄った。彼女の手には、リモコンが握られている。

「十秒以内にご返答いただけない場合、金銭は即刻処分します」

彼女は自身の親指を、リモコンのボタンに乗せた。

『鳳』のメンバーが全員、息を呑《の》む。抵抗しようにも、クラウスに完璧に拘束されているので彼らは何もできない。

クラウスは考えこむ素振りを見せ、やがて口を開いた。

「…………いや大分惜しいが、『降参』とは言えないな」

「「「「えぇっ⁉」」」」

声をあげる『灯』の少女たちに、クラウスは残念そうに息をつく。

「これは『標的に国家機密を吐かせる』という実戦を想定した訓練だ。本人の財産ならともかく、国の金が多少減ったところで機密情報を吐く者はいない」

クラウスは詳しく説明する。

もちろんクラウスやディン共和国に打撃を与えるという点は達成できているが、それでは機密情報を聞き出すには不十分という。本を正せば犯罪組織が稼いだ金であるし、たとえ失おうとディン共和国が大打撃を受ける程の額でもない。

そう語られても尚《なお》、リリィは、ぐぬぬ、と引き下がらなかった。

「ほ、本当にお金を処分しちゃいますよ！　リモコン、ポチッでどかーんですよ！」

「「「「やめろっ‼」」」」

叫ぶ『鳳』メンバーたち。

「やればいい。困るのは『鳳』だけだ」

「「「「アンタも少しは止めろ‼」」」」

一層叫ぶ『鳳』メンバーたち。

しばらくリリィとクラウスが睨《にら》み合い、『鳳』がハラハラと見つめる時間が続いた。

「……………限界ですね」

やがてグレーテが息をつく。

「……諦めましょう。ただ、せっかく盗んだのです。ボス、金銭をお渡しする代わりに、その輸送に一人付き添う権利をください……」

「ん。まぁ、その程度なら構わない」

かくして今回の訓練でも、クラウスに『降参』と言わせることは叶《かな》わなかった。

一個だけ約束を飲ませる、という辛《かろ》うじての成果を残して。

◇◇◇

リリィが大きく伸びをして笑う。

「惜しかったですねぇ。もっと額が違えば、勝てたかもしれないのに」

「……お前たちは本当に無茶苦茶だな」とヴィンドがぼやく。

訓練後に反省会を開くのは『灯』も『鳳』も変わらない。

たまには夕食でも一緒に摂《と》ろう、と庭でバーベキューをする流れになった。買い物に出かける者、バーベキュー台を用意する者に分かれて、反省を行っていく。グレーテの策略に関する感想、襲撃の連携など見直す点は多々あった。

「サラ殿は襲撃がワンテンポ遅いでござるな」という『鳳』からの指摘もあれば「ファルマさんは仲間に任せすぎじゃない？」と『灯』からの注文も生まれる。

他にもこれまで自覚できなかった「ジビアが他チームと順応する早さがすごい」「アネットはクノーと比較した時、無駄に物を壊しがち」「キュールはリスク管理が甘い」等、他と比較することで新たな発見も多くあった。

時に言い争いに勃発しながら、言葉を交わし続ける。

『灯』の新たな教室――クラウスが導いた、生徒同士が教え合う学び場。

「やるな、赤髪の女」

途中、ヴィンドがグレーテに声をかける。

「見事なアイデアだ。俺たち『鳳』全員を騙《だま》してきたか」

「わたくしの力だけではありませんよ、ヴィンドさん……」

グレーテは首を横に振った。

「『灯』全員で『鳳』を欺いてみせたのです」

「…………」

ヴィンドは微《かす》かに目を見開く。一瞬逡巡《しゅんじゅん》するように息が漏れる。

グレーテは小さく一礼し、彼から離れていった。

◇◇◇

クラウスの現金移送に付き添うのは、グレーテだった。

食事の準備は仲間に任せ、玄関ホールで二人は落ち合った。まるでデートかのように外行き用の私服に着替えて、グレーテはクラウスの横に並ぶ。

陽炎パレスの玄関を出ると、沈み始めた夕陽《ゆうひ》の光が差し込んできた。庭に植えられた花々を淡く照らしている。

敷地外《しきち》に停《と》めてある車へ向かいながら、グレーテは薄く微笑《ほほえ》む。

「……ボス、わたくしは新たな夢を持つことにしました」

「夢？」

「スパイとして尽力し、やがて今より平和な世界が訪れる時、ボスが第一線を退く日が来るでしょう……その時、アナタのそばで笑っていたい……一人の家族のように……」

西日が彼女の頬を赤く染める。

「それが、わたくしの次の目標です……」

クラウスは短く「そうか」と口にした。返事こそ短いが、声には微かな熱があった。他の少女には決して見せない瞳で彼女を見つめ返す。

「だとしたら」クラウスは呟《つぶや》いた。「今より更に成長しなければならないな」

「はい……今後もご指導の程、よろしくお願いします……」

「――極上だ」

二人はしばらく言葉を交わさないまま、並んで歩き続けた。

敷地の際まで近づいたところで、クラウスが、ん、と尋ねる。

「ところで現金はどこにあるんだ？」

「はい、輸送しやすいように現物に換えておきました。二百万デントをそのまま長距離移送するのは、安全性に欠けますので」

「……なるほど。僕が守ると言っても、警戒するに越したことはない。何に換えた？」

「結婚指輪です」

「…………」

グレーテがポケットから小さな箱を取り出した。そこには、特大のピンクダイヤモンドがいくつも付けられた、かなり華美な指輪が二つ並んでいる。

その一つを摘まんで、彼女は小首を傾《かし》げる。

「ボス、指を出してください。一つをボスが、もう一つはわたくしが運びましょう」

「…………」

クラウスは差し出された指輪をじっと見つめたまま、二の句が継げないでいた。が、逃げる訳にはいかない。現金移送に先ほど誰か一人を連れ添っていくと約束してある。

「……お前はまさかここまで」

「ふふっ、想定通りです……」

珍しく呆然《ぼうぜん》とするクラウスに対し、グレーテは妖しく微笑んだ。

◇◇◇

ビックスはそんな二人のやり取りを陽炎パレスの窓から眺めていた。バーベキューの食材を巡って喧嘩《けんか》する集団から外れて、薄く目を細めている。

(やってくれますねぇ。『灯』のナンバー2さん♪)

『鳳』を利用してクラウスを脅迫するなど、思いも寄らない奇策だった。

グレーテの評価を改める。

(元々『変装』という特技自体、騙すことを孕《はら》んでいますからねぇ。バリエーションがとにかく広い。それを活《い》かせるだけの智謀《ちぼう》もある。中々に優秀なスパイとなるでしょう♪)

その優れた詐術をどう呼べばいいだろう。『扇動』や『成り代わり』などといった枠には嵌《はま》らない。騙しの幅は他のスパイを大きく上回る。

味方も敵も全てを欺き、クラウスへの愛のために全てを利用する。

――『邪恋《じゃれん》』。

そう呼ぶのが相応《ふさわ》しい気がした。

『愛娘』というスパイの闘い方、そして生き方そのものなのだろう。

（やっぱり『灯』は面白いですね♪）

ビックスは思わず頬を緩める。

先ほどの光景を思い出していた。彼はグレーテがヴィンドを遠回しに窘《たしな》める瞬間も目撃していた。

（おそらく今の『鳳』を変えてくれるのは――）

愉快な未来を妄想する。

仲間を拒絶し続けるヴィンドと、それに従うしかないビックスたち。この状況を打破してくれるのは――。

問題を丸投げしている自分に気づき、ビックスは自嘲するように肩を竦めた。しかし、自分では変えられない以上、彼女たちに懸けるしかない。

代わりと言ってはなんだが自分もまた『灯』を刺激しよう、と彼はほくそ笑む。

自身の立ち回りは嫌われ役でいい。口悪く、意地も悪く、周囲を煽《あお》り続ける。きっと『灯』は答えてくれる。彼女たちの負けん気は凄まじいのだから。

窓から離れた。

「さて、次はやっぱりジビアくんを煽りましょうか♪　一番伸びしろがありそうです♪」

そうターゲットを定め、ビックスは意地の悪い笑みを浮かべた。

追想④　男子会

「女性陣が『女子会』を開催したようですし、我々も男子会を開きましょうか♪」

そんなビックスの号令の下、男たちは応接室に集められた。

ビックスが招集したのは、クラウス、ヴィンド、クノーの三人。

張り切って準備を進めたのはビックスだ。ディン共和国一のスパイと称されているクラウスとの食事に舞い上がっていた。高い酒とつまみをたっぷり用意し、男子会に臨んだ。

「……ん、うまい」「そうだな、悪くない」「……是《ぜ》」

結果は泣きたくなる程、盛り上がらなかった。

始まって三十分、ほとんど会話らしい会話はない。ただただ飯と酒を食べ続けるヴィンド。相槌《あいづち》程度にしか語らないクラウス。そして元々無口であるクノー。

笑い声など一切生まれず、口に物を運ぶだけの時間が流れ続けた。

冷静に考えれば当然のメンツではあったが、ビックスは肩を落としていた。クラウスのために用意した珍味が、全部ヴィンドに食われたのも気に食わない。

「ん、何か落胆しているようだな」とクラウス。

「ええ、もっと会話が弾むと思っていたので♪　なんですか、この静寂♪」

「そうだな、何か話題さえ用意してくれれば話すが」

「クラウス先生が過去に挑んだ任務についてぜひ聞きたいですね♪」

「……難しいな。『焰《ほむら》』の任務は国内トップクラスの機密情報に関わる」

クラウスに話を振っても、こんな摑《つか》みどころのない返答しか戻ってこない。他にもスパイとしての技術を聞いてみたが、抽象的な答えが返ってくるばかり。

ちなみに、この間ヴィンドとクノーはほぼ無言。場を盛り上げる気さえない。

さすがにビックスはキレた。

「これは任務です♪」

「「「ん？」」」

「ガルガド帝国のスパイが国内の裏カジノの利益を横流しして、国会議員を買収している疑惑があります。我々は真相を探るため裏カジノに潜入し、男性客の中に溶け込まなければなりません――そんな想定だとして、まだそのつまらない顔でいるんです？」

「「「…………………」」」

ビックスから煽りを受け、クラウス、ヴィンド、クノーは全員顔を俯《うつむ》け、沈黙する。

同時に表情を引き締め、顔をあげた。

「なぁ、クノー。良い酒を得たんだがどうだ？」「……是、すまない。まさかアナタみたいな人に注いでもらえるとはな」「ただ飲むだけじゃつまらんな。クラウス、トランプで負けた奴《やつ》がショットグラスを三杯飲んでいくっていうのはどうだ？」「良い酒をなんだと思っている」「……是、だが悪くない」「ふん、最後には『降参』と言わせてやるさ」

「突然盛り上がった⁉」

ビックスが意外そうに目を剝《む》く。実力的にはできて当然なのだが、まるで人が変わったようにポーカーを始めようとしている三人には違和感しかない。

「最初からその感じでいてくださいよ♪　アナタたち」

「任務中でもないのに、なぜ俺が？」「僕も同感だ」「…………是、疲れる」

「あぁもう！　根暗な連中しかいないですねぇ‼」

ビックスが机を叩《たた》いた。

衝撃で浮かび上がったクラッカーやウィスキーのボトルは、クラウスとヴィンドが器用にキャッチし、クノーが感心するように頷《うなず》いている。

「腕相撲をしましょう♪」ビックスが叫んだ。

「「は？」」

「こうでもしないと盛り上がらないでしょう⁉　それとも勝負から逃げますか？」

挑発的に口元を歪《ゆが》め、腕を差し出すビックス。

真っ先に反応したのはヴィンド。「仕方のない奴だ」と呟《つぶや》き、場所を移動する。

両者はテーブルのそばで肘をつき、手を組んで激しく睨《にら》み合う。

クラウスが「始め」と宣言。ヴィンドが組んだ手を白身の方へ引いた。引っ張られ、ビックスの肘がテーブルから浮く。クラウスが「肘が離れた。勝者ヴィンド」と判定。

「てめえええぇえ！　今日という今日こそ、ぶっ潰してやらあああぁ‼」

普段の数倍荒々しい口調でビックスが激昂《げきこう》し、ヴィンドへ殴りかかる。クラウスとクノーは面倒な顔で立ち上がり、そのまま男子会はお開きとなった。

なお、この騒動が繰り広げられている間、広間の方では女性陣が寛《くつろ》いでいた。リリィとジビアは届く喧騒《けんそう》に「男もうるさいですねー」「なー」と呑気《のんき》にお茶を飲む。

5章　case キュール

「『堕落論《だらくろん》』の最高幹部どもが『処刑人《しょけいにん》』の追手を振り切った」

ヴィンドが語った言葉に『鳳《おおとり》』のメンバーは息を呑《の》む。

夜、彼の号令で『鳳』は『灯《ともしび》』の少女たちには悟られぬよう、陽炎《かげろう》パレスの談話室に招集した。その時点で良い予感はしなかったが、告げられた事実に落胆する。

――養成学校の元生徒で結成された犯罪集団『堕落論』。

『鳳』の働きによって構成員は大部分捕まっており、完全摘発まで後三名というところまで追い詰めることができた。

残りは『処刑人』という同胞殺し専門機関が引き継いだ――のだが、失敗したらしい。

ヴィンドが不服そうに腕を組む。

「奴らは『処刑人』二名ほどに深手を負わせて、逃げ延びたらしい。そして、国外逃亡を目論《もくろ》んでいるというのが上の見込みだ」

淡々と口にした。

「──『鳳』に命令が下った。『堕落論』の最高幹部を殺せ、と」

溜《た》め息が何か所かから漏れた。

各々《おのおの》が、呆《あき》れと哀《かな》しみの半分半分といった反応を示している。

「結局こういう結末になっちゃったかぁ」

ソファで足を伸ばしていたファルマが肩を落とした。

「同胞殺しかぁ。やっぱり気分がのらないよねぇ」

「奴らは一部とはいえ、ディン共和国の機密情報を知っている。国外には逃がせない」

ヴィンドが冷たく答える。

少なくとも彼らは、スパイ養成学校の所在地、教育課程、同校の優秀生の情報を知っている。無論、諜報《ちょうほう》機関全体から見れば微々たる情報だが、みすみす流出は見逃せない。

「生け捕りではダメでござるか？」

ソファの縁に腰を掛けているランが手を挙げる。

「さすがに一年前までともに養成学校で育った同胞を殺すというのは──」

「……否《いな》。それを許さぬ相手ということだろう」

首を横に振ったのは、談話室の端で腕を組んで立っているクノー。

彼の隣では、ビックスもまた渋い顔で苦笑している。

「ええ、生け捕りを狙って、こちらが殺されるリスクを上げる必要はないでしょう♪」

これまで『鳳』が捕えてきた程度の連中ならば、生け捕りは可能だった。しかし敵は『処刑人』を振り切った実力者。舐《な》めてかかって返り討ちに遭っては笑えない。

生き残りは三名――首領『万雷《ばんらい》』、首領補佐『仙人《せんにん》』、指導係『狂祭《きょうさい》』。

特に『万雷』はヴィンドの養成学校時代の同輩らしい。ヴィンドには及ばないにせよ、かなりの暗殺技術を有している。

容赦できるような相手ではなかった。

「さて、ヴィンドくん♪」

ビックスが挑発するように手を振った。

「今回は手の抜けない敵みたいですよ。意地を張っている場合ではないでしょう？　ここらでぼくたちも本気で連携に取り組むというのは――」

「断る」

返答は短かった。

まるで興味がないように、ヴィンドはビックスと視線を合わせようともしない。

「俺は自由に動く。お前たちが勝手に付いてこい」

ビックスの口元から笑みが消える。

「……前回『灯』に欺かれたことを忘れる程マヌケでしたか？」

「あんなものは考慮に値しない」

「後何回クラウス先生に負ければ、少しはマシになるんですかねぇ」

「いずれ勝つ。今、このままのやり方で」

二人の間が不穏な空気で満たされていく。

その傍《そば》ではキュールが手で顔を覆い、呆れ果てていた。

（あー、またこれだ……）

幾度となく展開された光景だ。

己の実力を誇示してワンマンプレイを全うするヴィンドと、チームのバランスが崩れた現状を憂うビックスとの対立。

毎度毎度いがみ合うが、結局ボスという立場であるヴィンドには逆らえない。

（……ヴィンドは変わらないままか。ちょっと兆《きざ》しもありそうだったんだけどなぁ）

キュールの心情としては、もちろんビックスの肩を持ちたい。

ここ最近のヴィンドの行動は目に余る。龍沖《ロンチョン》で行われた『灯』との争いでも「自身が五人を相手する」という無茶苦茶な作戦を押し通した。結果的に勝利こそできたが、あの作戦の是非は判断が難しい。彼自身は捕らわれ、勝利の決め手となったのはビックスだ。『灯』との交流で少しは変わるかと思ったが、そう上手《うま》くはいかないようだ。

空気を変えるようにランが発言する。

「この任務は『灯』に伝えるでござるか？」

「秘匿しろ。『堕落論』には同校出身の者もいる。庇《かば》われても面倒だ」

ヴィンドの答えに、ファルマとクノーが「明るい話じゃないもんねぇ」「……是《ぜ》、守秘義務もある」と言葉を続ける。

「俺が協力を取り付けた者から目撃情報が届いている。奴らの出現場所は把握した」

ヴィンドが話をまとめ出した。

「後は明日の夜に襲撃し、暗殺する」

「…………っ」

もはやここにいないかのように無視されたビックスは唇を噛《か》む。

会議はそのまま終わった。ほぼ一方的にヴィンドが計画を語るような形で進行させ、他のメンバーの意見を聞こうともせずに解散で終わる。

ヴィンドは「腹が減ったな」と呟き、仲間には目もくれず談話室から出ていった。厨《ちゅう》房《ぼう》で食料を漁《あさ》っていくのだろう。

キュールは、悔し気なビックスの横顔を見つめる。

(分かるよ、ビックスくん)

声には出さない。そんな労《いた》わりは、彼のプライドを一層傷つける。

ただ心の内で彼に同情した。

(こういう時、心の底から『灯』が羨ましくなるよね)

ずっと、見せつけられているようだった。

ボスと部下の実力差はあれど、互いに頼り、信用し合っているスパイチーム。お互いを高め合うように訓練に励み、任務になればメンバー全員が一致団結する。

ビックスの苛立《いらだ》ちは、そこから生じているはずだ。

それは『鳳』にはない眩《まぶ》しさだ。そして、かつては存在した温かみを想起させる。『鳳』というチームが作られた当初を思い出さずにはいられない。

(……アーディさんがいてくれたら、なんて言うのかな?)

何度だって思わずにはいられない。

『鳳』が欠いてしまった、チームの中心だった一人の女性を。

◇◇◇

──『円空《えんくう》』のアーディが生きていた頃、彼女は毎日のように叱られていた。

「おい、女。いつになったら任務外のことをするなと理解できる？」

「ごめんなさい。もうターゲットから目を離しません。今回はたまたま荷物を持ったお婆《ばあ》さんが通りがかっただけなんです。大変そうだったんです。手伝ってしまったんです。でも、こんな出来事そうそう起こらないし、許してくれないでしょうか？　ヴィンドくん」

腕を組み、軽蔑の眼差《まなざ》しを向けるヴィンド。

そして、額を机につけるような勢いで謝り続けるアーディ。

任務の最中にポカをやらかした彼女がひたすら詫《わ》びている状況なのだが、傍《はた》から見る分にはツッコミどころが多すぎる。

クノーが不思議そうに「……どっちが上司だ？」とツッコミを入れ、ファルマが「ビックスくんがフォローしたから大丈夫だよぉ」と宥《なだ》める。

龍沖での任務中だった。

『鳳』が極東周辺の諜報機関の情報を集めていた時期でもある。養成学校を卒業して半年近くが経《た》ち、チームの土台が固まってきていた。

メンバーは、とにかくアーディに振り回されていた。

人はいいのだが、スパイとしての能力は著しく低い女性。経験は豊富なので指揮官を担《にな》っているが、よく任務外のことに気を取られてミスをする。

そして、その度にヴィンドが激怒していた。

が、さすがに毎度のことなので、この日はヴィンドも早々にやめる。

「まぁいい。まったく、本当に今回が最後で――」

「そういえば」

嬉《うれ》しそうにポケットを探るアーディ。

「お婆さんからオレンジをもらったんだけど、良かったら食べ――果汁が目に入ったああっ⁉」

彼女が差し出したオレンジを、ヴィンドがナイフで切断する。飛び散った汁がアーディの顔に飛び散り、彼女は床でのた打ち回った。

「次はクビにする」

「あたしがボスなのにっ⁉」

「それに相応《ふさわ》しい品格を身に付けろ」

ヴィンドは構うことなく、寝室へ向かっていった。

ずっと傍で眺めていたキュールは息を吐き、アーディにタオルを差し出した。

「え、えぇとアーディさん、大丈夫ですか？」

「ありがと、キュールちゃん。あ、オレンジ、食べる？」

「結構です」

「一人で食べちゃお」

切られたオレンジをこれ幸いと食べ出すアーディ。

天然、というか、間が抜けている、というか、とにかく自由な人だった。好き勝手に動いているのになぜか憎めないという恵まれた性格をしている。

「すみません、ヴィンドが怒ると、ワタシたちでも止められなくて」

「えー。いいよぉ。悪いのはあたしだからねぇ」

「一応アーディさんは上司ですし……」

「いーの、いーの。ヴィンドくん、あたしに怒っている時が一番楽しそうだもん。たまにはあぁやって発散させてあげないと」

オレンジを口に含みながら、楽し気に笑うアーディ。

当然周囲から「……否。怒られた側が言うな」「もはや器が大きく見えてきたでござる」とツッコミが飛び交うが、本人はへらへら笑っている。

そして、次の瞬間には真剣な瞳を浮かべる。

「……本当に心配になるよねぇ、ヴィンドくん」

「へ？」

「ちょっとねぇ、真面目すぎるんだよなぁ、彼」

アーディが口にする。

「合理的に生きても、不足感が埋められるはずもないのにね。見せかけの合理性のために都合の悪い事象を切り捨てても、より焦燥に駆られるだけなのに」

「…………………」

突然告げられた言葉にしばし言葉を失う。

そういう人なのだ。

任務では観察眼なんて発揮しないのに、時折仲間の心情を見透かしたような鋭い言葉を吐く。情報を摑《つか》んでこないのに、示唆やヒントを与えるセリフを唐突に呟《つぶや》く。

他の仲間は相手にしなかったが、キュールだけはその言葉を受け止めた。

「不足感、ですか？」

「そう。彼、ずっと飢えているでしょ？　多分復讐《ふくしゅう》が動機でスパイをやっているタイプなんじゃないかなぁ？」

「…………」

「心の欠損を埋めるのは、合理性じゃないよ」

アーディは窓の外へ目を向ける。

「半分に欠けたお月様だって、見方を変えれば真ん丸なんだから」

よく意味が分からなかったが、お月様、と言葉を繰り返した。

アーディはまたにへっと表情を緩める。

「うん――そう、今から本人に伝えにいこうかな」

「また怒られますよ」


『円空』のアーディを失ってから分かる。

スパイとしての役割はカバーし合えても、彼女の役割だけは誰にも担えない。

あの居心地のよい時間は戻ってこない。

誰もがアーディに甘えていた。自由にアーディへ文句を言う時間こそが、感情を自由に吐き出し、対話する糸口となっていた。

その失われた隙間の埋め方は、まだ誰にも分かっていない。

◇◇◇

会議が終わった後、息抜きにキュールは庭先に移動していた。

ぼんやりと星空を見上げながら、物思いに耽《ふけ》る。

陽炎パレスは街の誰にも見られないよう、周囲一帯が壁で覆われており、風の通りが悪い。しかし、この夜は湿気の孕《はら》んだ風が流れている。

（…………？　『灯』の女の子たちはどこにいるのかな？）

ふと建物がやけに静かなことに気が付いた。

廊下を歩く音が聞こえてこない。いつもなら誰かしらバタバタと走り回っているのに。

だが、都合がいい。

己の髪をかき上げ、耳を露出させる。

（ごねんね……ちょっと趣味が悪いけども……）

『地獄耳』――それがキュールの特技だ。

人並み外れた聴覚を有しており、状況把握や盗聴を得意とする。まさにスパイ活動に適した、大きな強み。呼吸を整え、己の耳に意識を集中させる。

(——今は、キミたちから何かを学びたい気分なんだ)

今の『鳳』を変えてくれるのは『灯』だと信じている。

(ワタシたち『鳳』が生まれ変わるヒントをくれないかな?)

だから一人、耳を澄ませる。まるで祈るように瞳を閉じて。


『灯』の少女たちは、二部屋に分かれて過ごしているようだった。

◇◇◇

陽炎パレスの端の寝室では、『灯』の少女たちが集っていた。

——アネット、リリィ、ジビア、モニカの四人。

アネットの寝室は、工具や正体不明の機械が散らばっている。うっかり触れてしまえば事故に繋《つな》がりかねないので、ハンモックに腰を下ろすアネット以外の三名は、各々《おのおの》安全そうな場所を確保していた。

「俺様っ、重大発表がありますっ!」

まずアネットが身体《からだ》を揺らしながら、声をあげる。

ジビアとリリィは愉快がるようにコメントする。

「おぅおぅ、アネットが集合かけるなんて珍しいな」

「どうしました？　運動神経のいいメンバーを集めて」

アネット以外の三人は突然に部屋へ連れ込まれたのだ。『実行班』というグループに所属し、任務の最前線に立ち、非常時には敵と戦闘することも多いメンバーだ。

苛立《いらだ》たし気にモニカが顔をしかめる。

「……正直、嫌な予感しかしないんだけど」

一刻も早く去りたいのか、足で床を叩《たた》いて苛立ちを示している。

アネットと言えば『灯』最大の問題児。まともな提案などあったためしがない。

その評価に異論はないので、ジビアとリリィも小声で「……まぁ分かる」「とりあえず逃げる準備はしておきましょう」と囁《ささや》き合う。

あまり期待しない心地で、一同は集めた当人の言葉を待った。

アネットがとびっきりの笑顔で口にする。

「俺様っ、『鳳』に復讐を仕掛けようと思いますっ！」

「「「のったあああああああああああああぁっ‼」」」

一斉に掌《てのひら》を返す三名。

「だって、さすがにアイツら入り浸りすぎだし！」「ちょっとくらいやり返しましょう！」

「ボクも賛成、ナイスアイデアじゃん」

途端に大きく片手をあげ、賛同を示す。

食べ物を盗まれたり休暇を邪魔されたり、『灯』にとって『鳳』は厄介な存在だ。本気で嫌がってはいなくとも一度くらいやり返したいと考えるのは必然の感情。

そしてこういうイタズラには行動が早いのが『灯』の少女たち。

普段バカ騒ぎを敬遠しがちなモニカさえも、今回ばかりは異論を挟まなかった。

「では、さっそく作戦を練っていきましょう！」

リリィが号令をかけ、すぐさまに議論を始めていった。

◇◇◇

情報漏洩《ろうえい》を避けるために、このメンバー以外には秘密にするよう決定した。

イタズラ計画を練り始めるメンバー以外も、別の目的で集合していた。

——ティア、エルナ、グレーテ、サラの四名。

彼女たちはティアの寝室に招集されていた。突如ティアが仲間の部屋を回り「手が空いている人は来て欲しい」とお願いしていったのだ。

最後に声をかけられたサラが寝室に着くと、部屋の上部に大きな紙が貼られていた。


【『灯』緊急捜査本部　『愚人《ぐじん》』のエルナ浮遊事件】


またエルナが事件に巻き込まれたらしい。気づけば新興宗教団体のトップにまで祀《まつ》り上げられた実績があるので、何が起こってもおかしくはないが。

寝室の中央ではティアが堂々と立ち、傍《かたわ》らにはエルナがいる。彼女たちの正面にはグレーテが椅子に座り、固唾《の》を呑んで見守っていた。そのグレーテの横にサラは並んだ。

ティアが声高に口にする。

「さて、集まってもらったのは他でもないわ。今日未明エルナに起きた不可思議な事件。その解明こそが私たちの使命よ」

あまりに唐突な言葉に、サラは瞬《まばた》きし、グレーテは「はぁ……」と首を捻《ひね》っている。

気にすることなくティアが、隣に立つエルナの背中を叩く。

「まずは被害者の証言から」

「もはや定番。被害者なの！」

ヤケクソみたいな自己紹介の後、エルナが語りだす。

「今日の未明、まだ寝ていたエルナは突然、身体を揺さぶられて目が覚めたの。気づけばお庭の空中に浮いていたの。布団《ふとん》にぐるぐる巻きにされて動けない状態だったの」

「ええ………？」

「後のことは気絶して覚えていないの」

思った以上に、摑みどころがない内容だった。

夢ではないか、と勘繰ってしまうが、エルナの哀《かな》しそうな表情を見るに真実らしい。

サラがとりあえず「怪我《けが》はなかったすか？」と心配の声をかけ、グレーテが「それで浮遊事件……」と納得している。

幸いエルナが目覚めた時は、部屋に戻されており無傷だったという。

ティアは同情するように「証言ありがとう」と伝え、キリッとした表情で顔をあげた。

「正直、犯人はアネットだと思うんだけど」

「自分もそう思うっす」

「ただ今回、容疑者は他にもいるでしょう？」

随分と意味深な口ぶり。

一瞬なんのことか分からなかったが、ハッと息を呑む。

「もしかして『鳳』の皆さんっすか？」

「えぇ、その通りよ」

「い、いや、それはさすがに」

確かに彼らは最近、ほとんど毎日陽炎パレスに寝泊まりしている。早朝にエルナの部屋に忍び込むことも可能と言えば可能だろう。

「……彼らがそんなことをするでしょうか？」

グレーテも疑問の声を挟むが、ティアは首を横に振った。

なにやら根拠があるらしい。

「実は『鳳』には不審な点があるのよ。裏があるんじゃないかって思うくらいには。いいえ、間違いなく『鳳』は何か企《たくら》んでいるに違いないわ」

真剣な面持ちで口にする。

「『鳳』には男が三人もいるのに、誰も私を夜に誘わないのよ……‼」

「……思ったよりしょうもない理由っす」

冷たくサラがツッコミを入れるが、ティアは愕然《がくぜん》とした表情で身体を震わせていた。

「どう考えても私たちを油断させて、何か企んでいるに違いないわ！　こんなのおかしい！　クラウス先生だけでなく、男が三人も私に興味を示さないなんて！」

「紳士的なだけでは？」

「いいえ、彼らが過去、私たちに要求したものを忘れたの？」

「……？　あ、いや、確かにボスの件はあったっすけど」

一瞬遅れてサラは思い出した。

過去、『鳳』はクラウスをボスに据えようとしたことがある。だが、それは『鳳』自身がその権利を得ながら放棄した話だ。もはや終わったことである。

サラは大きな溜め息をついた。

（……またティア先輩が冷静さを失っているみたいっすね）

メンタルの弱い彼女は、稀《まれ》にヒステリーに陥ることもある。

彼女のことだ。『「鳳」と「灯」が同棲《どうせい》……⁉　こんなの男女の交わりが発生するに違いないじゃない！　ふふ、燃えてきたわね！』と張り切っていたのだろう。

が、『鳳』の男性陣は全く手出ししなかったようだ。

結果彼女のプライドを著しく傷つけ、陰謀論を唱える程まで思い詰めてしまった。

「さすがに無茶苦茶っすよ、ティア先輩」

自身が冷静に諭すしかない、とサラは判断した。

穏やかな声で語り掛ける。

「いくらボスが欲しいからって、そこまで手をかけませんって。一か月近く自分たちを騙《だま》して、陰でよく分からない浮遊実験をするなんて、さすがに――」

「ありえます……っ‼」

「グレーテ先輩っ⁉」

突如、隣のグレーテが同意した。顔を白くさせ、目を剝《む》いている。

「……ボスを手に入れるためなら二年や三年は当然……新技術を開発することだって辞さないはず……辻褄《つじつま》が合いますね……」

「…………」

クラウスが絡《から》むと極端に知能を落とす仲間を、サラは哀し気に見つめる。

かくしてなし崩し的に『鳳』の素行捜査を始める羽目になった。

◇◇◇

キュールは陽炎パレスの庭で全てを聞いていた。

――『鳳』にイタズラをしかけようとするアネット、リリィ、ジビア、モニカ。

――『鳳』にあらぬ嫌疑をかけて捜査を始めるティア、サラ、グレーテ、エルナ。

詳細は聞き取れなかったが、大体の把握はできた。

「…………………………………………………………………………」

元々は、彼女たちに『鳳』を変えるヒントがあることを期待しての盗聴。

しかし、得られたのは謎のテンションとノリで交わされる戯言《たわごと》たち。

「頭がおかしいやつしかいねえええええええええええええええっ‼」

キュールの悲鳴に似た絶叫は、夜空に吸い込まれていった。

◇◇◇

翌朝、陽炎パレスの庭では珍しい組み合わせの二人が言葉を交わしていた。

リリィが管理する毒草用のガーデンの隣には、家庭菜園スペースが勝手に作られ、クノーが野菜を育てていた。近くの農場から譲り受けた鉢を移し替えたり、あるいは一月《ひとつき》で収穫できるラディッシュなどを植えたりしている。

彼なりの『灯』へのお礼なのだが、あまり理解されずに不気味がられている。

そして日課の水やりの最中、クノーの下へ、クラウスが訪れていた。

「ずっと声をかけようと思っていたんだが、中々タイミングが合わなくてな」

「……是《ぜ》。なんだ？」

クノーが手を止めて振り返ると、クラウスが口にした。

「──お前、僕とどこかで会ったことがないか？」

「…………」

「記憶違いならいい。ただそんな感覚がするというだけだ」

「…………是。仮面越しによく気づけるものだ。当時とは体形も変わっているが」

「やはりか。つまり、その仮面は――」

「……否《いな》。おれはただの恥ずかしがり屋だ」

「……？　そういうことにしておくか。昔話は控えるよ。人も来たようだしな」

二人がぼそぼそとした声音で言葉を交わす。

そんなガーデンに、一人の少女が駆け込んでくる。

「クラウス先生っ‼」

キュールだった。

朝の挨拶もなしに大声をぶつける。早朝から全力で走り回っていたので、息を切らし大きく肩を上下させている。顔も赤い。

「どうした？　そんなに焦《あせ》って」

不思議に感じたクラウスが尋ねると、キュールが声を張った。

「アナタの部下たちの暴走を止めてください‼」

「無理だ。諦めろ」

「内容を聞いてもないのにっ⁉」

クラウスはもはや聞きたくもなく、首を横に振った。暴走した『灯』の少女たちは、彼でも手に余る。

困ったようにキュールが眉を曲げた。

「とにかく止めてくださいよ。このままじゃ任務に支障が出ます」

彼女が盗み聞きした、『鳳』イタズラ計画と『鳳』陰謀捜査について説明する。クノーが「……是、無茶苦茶な連中だな」と呆《あき》れた反応を見せた。

クラウスは軽く息をついた。

「分かった。『くだらない真似《まね》はよせ』と命じておく」

「もっと力強い言葉で制止してください。ワタシたちは今、かなりセンシティブな任務に取り組んでいるので」

「『堕落論』の件だったか」

「そういうことです」

キュールは疲れたような苦笑を見せ「とにかく、よろしくお願いしますよ」と頭を下げ、また駆け足で陽炎パレスの玄関に戻っていった。

目上の者だろうと、正当な要求ならば物怖《ものお》じせずにハッキリ告げる。

そんなキュールの姿勢をクラウスは快く感じ、クノーに一言断りを入れ、その場を離れた。『灯』の誰かを探すと、ガーデンの水やりに出てきた少女を見つける。

「リリィ、なにやら、『鳳』に仕返しを企んでいるようだな」

「えっ⁉　さすが、先生。もうバレていましたかっ⁉」

ジョーロを両手で持っていたリリィが目を丸くする。

クラウスはしばし考える。

（さて、どう伝えればよいか……）

暴走しがちな少女たちではあるが、もちろんクラウスが本気で叱責すれば計画をやめるはずだ。基本的には素直なのだ。『やめろ』や『それはよせ』と忠告すれば、彼女たちは従順に行動する。

そして言語能力に難があるクラウスでも、重要な案件ではシンプルな言葉を用い、ハッキリと伝達するように気を付けている。

しかし今回は『もっと力強い言葉で制止してください』と頼まれていた。

（そうだな、普段なら『バカな真似はやめろ』で済ますんだが……）

逡巡《しゅんじゅん》の後、口にした。

「その行為は、荒れ狂う濁流の中を片手で泳ぐようなものだ」

「……はぁ」

リリィが曖昧な表情で頷《うなず》き、彼の言葉を咀嚼《そしゃく》する。

とりあえず『危険』や『無謀』を示唆していると理解するが――。

（ん？ ……慎重にやれ、ってことです？）

――案の定通じなかった。

◇◇◇

日が暮れ始めた頃、『鳳』は動き出していた。

港湾労働者の社宅が集まるエリアと、孤児や路上生活者が集う貧困街のちょうど中間。先日ギャング同士の抗争が行われた地点とも離れていない。粗雑に建てられたコンクリートの集合住宅が並び、物が腐ったような臭いが漂い続けている。

夜を迎えると、この地域一帯の道路から人の姿は消える。

電気代を支払う余力もない人たちは、日が落ちれば早々に寝てしまう。そして早朝、仕事を求めて港近辺を彷徨《さまよ》う。銃声が響いた程度では目を覚まさない。

そんな町が作り出す闇の中で、ヴィンドとキュールは合流していた。

「『灯』の子たちは、クラウス先生に止めるよう頼んでおいたよ。こっちには来ない」

キュールの報告に、ヴィンドは特に関心もないのか「そうか」と頷いた。

既に暗殺ミッションは始まっていた。

他メンバーは別場所で活動している。ヴィンドは『灯』のことなど頭にないようだ。

「昼間からクノーとランが不法入国者に扮《ふん》して、潜り込んでいる」

ヴィンドが端的に説明した。

「密入国専門のブローカーに接触できた。今晩、三人ほどトルファ大陸へ運ぶ手筈《てはず》となっているらしい。ブローカーが受け取った手付金には、例のマークがあった」

例のマークとは『鳳』が彼らに施した工作のことだ。

金属加工の工場での抗争の夜、彼らの金庫から活動資金の大半は奪っていたが、一部はわざと残していた。完全に金銭が尽きると市民を襲わないとも限らない。無色透明のマークをつけ、生き残りの手に渡らせるよう工作を行っていた。

「確定だね」とキュールが頷く。

「あぁ、集合場所にやってきた奴《やつ》らを狩る」

二人がいるのは、打ち捨てられたビルの三階だ。

建てられたのは二十年前。かつては輸入食品を扱う企業が利用していたらしいが、世界大戦の影響で倒産し、今は廃ビルだけが残され、路上生活者が寝泊まりしている。その住人に金を渡し、部屋の一角を譲り受けていた。

窓からは一帯を見渡せ、ブローカーが指定した集合場所が確認できる。

「時に」唐突にヴィンドが呟《つぶや》く。「――アレは邪魔だな」

「ヴィンドっ⁉」

キュールが制止する間もなかった。

三階の窓から跳躍した彼は、建物から飛び出た看板を蹴りながら落下の勢いを殺し、一階まで降り立つ。そのまま廃ビルの陰に走っていく。

キュールは目で追うことを諦め、己の地獄耳で状況を把握した。

ヴィンドの前には、子どもが三人ほどおり悲鳴を漏らしている。土地柄的に路上生活者の子どもだろう。怯《おび》えるような幼い声だった。

「お前たちはなんだ？　ここで何をしている……？」

ヴィンドが冷ややかに尋ねている。

子どもの一人がおずおずとした声を発する。

「あっ、あの……ぼくたち、雇われて、ここに人がいたら報告するようにって……」

「離れていろ。そして誰にも報告するな。分かったなら去れ」

子どもたちは緊張したように「はい」と答え、走り去っていった。

ヴィンドは軽く頷き、元の廃ビルへ戻ってくる。

察するに、この孤児は『堕落論』の人間に雇われたのだろう。『処刑人』を警戒し、金で雇った現地の子どもに偵察をさせていたか。

（……本当は気づかないフリがベターなんだけどね）

『鳳』としては、偵察の子どもなど放置して「誰もいなかった」と『堕落論』に報告してくれる方がありがたい。

が、その利益よりも子どもを巻き込みかねないリスクの処理を優先させたか。

ヴィンドは冷酷な手段も時に用いるが、一番は国の利益を考える。

それを快く思うものの、肌寒い心地も感じ取っていた。

（いくら『堕落論』の人たちが厄介だとしても――）

息を呑《の》んでしまう。

（――今のヴィンドに狙われて生きて帰れるとは思えないな）

警戒されようと、敵を殺せる自信めいたものを感じさせる。

子どもに肉薄した疾《はや》さは、キュールの記憶にある彼の動きを超えていた。元々無駄がなかった動きが更に研ぎ澄まされている。クラウスとの訓練の成果か。

ヴィンドがキュールのいる三階に戻り「動きはありそうか？」と尋ねてきた時、ちょうど手にする無線に信号が入った。

ビックスからの連絡だった。

緊急性の高い内容だった。「え？」と声を発してしまう程に。

「……『ランが行方不明になった』………⁉」

単独で動いていた彼女が忽然《こつぜん》と消えてしまったという。

ヴィンドが不愉快そうに「奴らが動き出したか」と呟いた。

◇◇◇

その夜、アランク港近辺で活動していたのは『鳳』だけではなかった。

ひくひくと鼻を細かく動かし、仔犬《こいぬ》が元気よく駆け出していく。その後をサラが追うように走り、少し後ろをティア、グレーテ、エルナが続く。

――『鳳』の素行調査を始めた四人である。

勝手に『鳳』を怪しんだティアの号令の下、メンバーの一部を追跡することにした。妙に乗り気なグレーテとエルナに頼まれ、サラもまた嫌々付き合っている。

「『鳳』の人たちは港の方へ集まっているみたいっすね……」

とりあえずサラがコメントする。

得意とする、仔犬の嗅覚を使った尾行だ。追われている相手が察知できない程の距離があっても『灯』の少女たちは追跡を行える。クラウスとの訓練が生んだ技能だ。

『鳳』のメンバーの匂いを追っていると、治安の悪そうなエリアに辿《たど》り着いた。

「……妙ですね、どんな目的があってこんな場所に」

グレーテが表情を曇らせる。

「『堕落論』の任務はもう終わっているはず……こんな深夜に、こんな辺鄙《へんぴ》な場所に来る理由なんてない……まさか本当に裏の作戦が……？」

他のメンバーも辺りを警戒する。

廃ビルや古びた木造住宅、どこか退廃的な雰囲気を纏《まと》っている集合住宅、反社会団体の事務所。歩けば歩くほどキナ臭さを帯びてくる。

やがて見えてきたのは、水道局の事務所。

その窓のブラインドの隙間から何者かの姿が見えた。

「っ！　あそこにビックスさんがいるわ！」

ティアが声を発した。見覚えのある青年が事務職員に扮して立っている。隣にはファルマと思《おぼ》しき女性もいる。

メンバーは一斉に行動を開始した。

「ここでは見つかるわ。どこかに」「隣に屋上へ行けそうなビルがあるの！」「サラさん、ジョニーさんに盗聴器をつけて向かわせてください……」「は、はいっす……！」

四人はうまく連携を取り、彼らの盗聴を始める。

サラは『正直帰りたいっす』と吐き出したい気持ちを必死にこらえていた。

◇◇◇

サラたちに見張られているとも知らず、ビックスは憂いの溜《た》め息を吐いていた。

彼とファルマは水道局員に扮して活動していた。

水漏れ調査を理由に周辺の家屋に侵入し、『堕落論』の居所を探っていた。が、途中別行動のランから報告が届かなくなり、中断せざるをえなかった。

無線機からヴィンドの返答が届き、ビックスは肩を竦《すく》めた。

「ヴィンドくんから指示です。ランさんの捜索は任せる、と♪」

声こそ明るいが、微《かす》かな苛立《いらだ》ちが混じっている。

「部下の危機だろうと、彼自ら乗り出すような真似《まね》はしないようです♪　捜索に便利なキュールさんを隣に付けておきながら」

キュールの地獄耳は、人探しの場面では有用だ。

密入国のための集合地点は、ビックスやファルマが見張り、ラン捜しはヴィンドとキュールが担《にな》うのが適切――そんな想定をしていたが、期待は外れた。

ヴィンド自ら『堕落論』と戦闘し、自分だけで決着をつけるためか。戦闘が起きやすい地点から動こうとしないのは、おおよそそんな理由だろう。

「ヴィンドくんはそういう人だからねぇ」

隣でファルマが呑気《のんき》な声を出す。

「いいじゃん、ファルマたちでランちゃんを助けに向かおうよぉ。連れ去られたってことは、直ちに殺さないってことかなぁ？」

あるいは別場所で拷問でもされているかもしれない。

猶予はないようだ。水道局員の登録証を握りしめ、ランの消息が途絶えた近辺を探るため、事務所から飛び出した。

しかし足は仲間のために動かしながらも、ビックスは別の話題に触れていた。

「良い機会だから聞きますけど――」

ファルマに静かに視線を注ぐ。

「――アナタはどう思っているんです？　今の『鳳』の現状」

「んー？」

「ぼくは危機的だと思います♪　ぼくには、あの男が何を考えているのか分からない。クラウス先生に負け続けている状況で、何も変わらないのはバカげています♪」

任務に無関係な質問をする場でないことは彼も理解していた。

しかし、それでも尋ねたくなったのだ。

『灯』との交流期間がもう僅かであることは察している。彼女たちとの日々は少なからず『鳳』に影響を及ぼしている。『鳳』が変わる最後のチャンスかもしれない。

そんな焦燥が彼の心を急《せ》かしていた。

足を動かしながら、ビックスはファルマに言葉をぶつけた。

「アナタは大局的な見方ができる人だ♪　ぜひ意見を聞かせてください」

◇◇◇

ビックスたちを盗聴するサラたちは、顔をしかめていた。ビル屋上に潜みながら、無線機をじっと見つめている。

無線機から聞こえてくる音声は途絶え途絶えになっている。

《アナタは……人だ♪　ぜひ……を……くださいい》

不明瞭で音も小さい。

水道局の事務所にいたビックスたちに向かって無線機をつけた仔犬を走らせていたが、彼らが突然事務所から駆け出してしまったせいで、音が拾えなくなっている。

一体何を話しているのか。

グレーテが冷静に「……盗聴は失敗のようですね」と呟《つぶや》き、サラが困ったように「さ、さすがにジョニー氏も相手に走られちゃうと……」と泣き言を漏らした。

が、この事態にも全く動じない少女が一人いた。

ティアが確信を得たように「ふふ、私には分かるわ」と笑っている。得意げに髪を撫《な》でつけ、ふわっと夜の風になびかせている。

「双眼鏡で見れば、サラたちにも分かるはずよ？」

そう促され、サラたちは双眼鏡を構える。

ビックスたちの姿はまだ追跡できた。急いではいるようだがなにやら緊張した面持ちで言葉を交わしている。

疑問に感じていると、ティアが声高に告げてきた。

「あの二人の雰囲気――カップルのデートそのものよ‼」

「デート？」エルナが首を傾《かし》げる。

「ええ、あの二人は色恋に積極的なタイプだもの。こんな怪しい路地で二人きり、何も起きないはずもないわ！　きっと《アナタは魅力的な人だ。ぜひ今晩をぼくにください》なんて口説き落としているのよ！」

かなり乱暴な推測ではあったが、そんな先入観を持って観察をすると、なんとなく恋仲に見えてくる。二人は真剣な表情で、人の気配がない路地に入っていくのだから。

本当にデートかもしれなかった。

ティアはうんうんと頷《うなず》き「なるほどね、身内で恋愛しているのなら、私を誘わなくても仕方ないわね」と自身を納得させていた。ご機嫌でなにより。

「え、ええと」サラは困惑したように首を傾げる。「つまり、エルナ先輩の浮遊事件とは無関係だったってことっすか？」

「ん、それはそうかもしれないわね」

「じゃあ、捜査はもうこれで終わりということ――」

「でも、彼らの恋模様の方も気にならない？　サラは違うのかしら？」

「…………」

数秒ほど硬直するサラ。

そして思い直して双眼鏡を手に取った。

「そ、そうっすね、後学のために」「勉強しなくては……!!」「な、なの……!」

色っぽい展開につい観察を続ける一同。

エルナの事件と関係はないが——もちろん興味はある！

双眼鏡の先では、とうとうビックスとファルマが立ち止まった。お互い口を閉じ、唇を結んで、見つめ合っている。

これからキスでもするのではないか——両者、そんな表情。

屋上にいる四人の少女が一斉に息を呑《の》む。全員顔が赤らんでいき、双眼鏡を握る手に力が入る。額から汗が伝っていき「「「「…………!」」」」と声が漏れる。

その時、背後から鋭い声がかかった。

「おい、お前たち。ここで何をしているんだ？」

「「「「え？」」」」

屋上の扉が開かれて、三人の男女が威圧的に入ってきた。

年はサラたちとそう変わらない。十代後半か、二十代前半。

先頭に立っているのは、大きな眼鏡をかけた強面《こわもて》の男だ。アイスブルーと表現すべき、氷のような蒼《あお》い瞳を向けている。薄青のシャツを身に纏い、静かな殺気を宿していた。

が、ティアが注目したのは、その隣に立つ少女だった。

「あら？　もしかして――」

思わず頬を緩める。

「カナリアさんよね？　覚えているかしら？　養成学校では同室だったわよね？」

そこにいたのは、目元まで覆うように黒い前髪を伸ばしている女性。

養成学校時代のコードネームは『狂祭』。容姿こそ不気味だが、スパイとしては優秀で二十種類以上の職業に成りすませる高いスキルを有している。

アイスブルーの瞳の男は得心がいったように「なるほど」と笑みを浮かべた。

「そうか、お前たちが次なる『処刑人』の――」

「ごめんなさい。後で良い？」

「……あ？」

「アナタたちも養成学校を卒業したのね。おめでとう。積もる話はあるけれど、また後にしましょう。今良いところなの！」

ティアは相手を雑にあしらい、双眼鏡を構え直し、ビックスたちの観察を再開した。他の少女たちはとっくに屋上の外へ目を向け直している。

思いっきり無視された、屋上に現れた三名は唖然《あぜん》としたように目を見開く。

「「……………なんだ、こいつら？」」

拍子抜けしたような言葉が同時に漏れた。

◇◇◇

その頃、『凱風』のクノーは奇妙な物体を見つけていた。

『鳳』では基本的に単独行動を許されている彼は、今回の任務でも誰ともペアを組むことなく動いていた。殺気を消し、静かに『堕落論』の手がかりを追う。

そこで、おかしな光景と出会ったのだ。

空き地のはずだった場所が、不審なビニールシートで囲われていた。視界を遮るように張り巡らされている。都市部の工事では、防音や防塵《ぼうじん》のために行われることが多いが、クノーの記憶ではアランク近隣の業者は用いない。

ビニールシートの奥へ入っていくと、巨大な機械が見えた。

三角柱を横倒しにしたような土台に、一本の木が突き立っている。サイズは五メートル強。木々の固定具には分厚い鉄が用いられている。

見覚えはあった。先の世界大戦でも塹壕《ざんごう》戦で使用された兵器だ。

「……疑《ぎ》。これは投石機か？」

「む、殺人鬼っ」

投石機の陰には、アネットがいた。

見つかったことが不服なのか、彼女は頬を膨らませる。

「邪魔ですっ。俺様っ、ここで仕留めたい奴《やつ》がいるんですっ」

「……否《いな》。意味が分からない」

「俺様、今忙しいんですっ。土台が安定しないんですっ」

アネットの手には、スパナが握られていた。

どうやらこの機械は彼女が作ったようだ。分解と組み立てが容易な造りらしい。そのおかげでここまで運べたはいいが、いざ組み立てたところ、自重で歪《ゆが》んでしまったか。

クノーは息をつき、アネットの隣に腰を下ろした。

「……是《ぜ》。おれが手伝ってやる」

「ん？」

「……何をしたいかは不明だが、お前の無茶苦茶な発明品では二次被害が出かねん」

「俺様っ、べーってしてやりますっ！」

　アネットが舌を出してくるが、無視して自身の工具を取り出した。

　指先の器用さは劣るが、筋力ではクノーの方が格段に上だ。アネットでは行えなかった、確かな補強は手伝ってやれる。

　二人で黙々と作業を続ける。

　ところで投石機で何をする気なのだろうか、と改めて疑問に思ったところで、他の『灯』の少女たちがビニールシートの内部を訪れてきた。

「おー、随分としっかりしていますね」

「あれ、クノーさんじゃん」

　リリィとジビアだった。一仕事済ませた後なのか、額には汗が流れている。二人は調整を終えた投石機に感心した後、クノーを見つけるとバツの悪そうな顔をした。

「うーん、本当はクノーさんも『鳳』の一員ですけど」

「まぁ、イタズラの対象からは外してやろうぜ。一番、生活に配慮してくれたしな」

　声を弾ませ、なにやら納得している二人。

　怪しい単語が聞こえてきて、クノーは首を捻《ひね》る。

「……疑。イタズラ？」

「俺様特製、人間投げ機ですっ！　これで『鳳』の連中をぶっ飛ばしますっ！」

アネットが腰に手を当て、自慢げに明かしてくれた。

投石機ではなかったようだ。しかも狙う対象は『鳳』のメンバーらしい。

絶句するクノーの横で、ジビアとリリィが「ただの投石だったら避けられそうだしなぁ」「はい、生きた人間をぶん投げていたら、受け止めるしかないですよね」と楽し気に語っている。

殺人鬼でさえ恐れ慄《おのの》く所業である。

「………否。死人が出るだろ」

「昨日の朝、エルナちゃんで実験済みですっ！」

アネットが満面の笑みで実験結果を語ってくれる。

投げられる相手は、アネット特製の衝撃吸収マットと布団《ふとん》で包めばダメージはないらしい。ぶつけられる相手は『鳳』のメンバーならば、多分おそらくきっと知らんけど願わくば死にはしない見込みという。

気になる点は山ほどあれど、まずは一番の不安を尋ねた。

「そもそも一体誰を投げる気で――」

「さっき三人で捕まえてきたよ」

返事があったのは、台車を押しながらビニールシートの下をぐってきたモニカ。

台車の上には、一人の少女が全身を縛られ乗せられていた。

「……ござっ」

ランだった。台車が揺れ、地面へ墜落する。

三人一斉に襲われて手も足も出なかったらしい。そのうえでリリィの毒を盛られたのか、ピクピクと筋肉を痙攣《けいれん》させて絶望した瞳をしていた。

「クノー兄さん、こいつらイカレているでござる……」

「……是。おれもそう思う」

一方で『灯』の少女たちはてきぱきと準備を進めていく。ランを衝撃吸収マットと布団で包み、人間投げ機に乗せる。飛ばすための重しを積み、縄を断ち切れば即発射というところまで整えられた。

その間、クノーは何もできなかった。

さすがに一人では、少女四人には勝てない。ランの無事を祈った。

目標は、モニカが鏡を使って視認している。角度や距離の計算もまた彼女が担《にな》い、器具の調整はジビアの力によって行われる。無駄に息が合っている。

「まぁまぁ、良いじゃないですか」

リリィが気楽な口調で言ってきた。

「『堕落論』の任務は終わったんですよね？　たまには、こんなサプライズがあっても」

まだ終わっていないんだが、と言う前に、モニカが「もう来たよ」と号令を出した。

全てが手遅れである。

少女たちは「「「「はっしゃあああああああああ！」」」」と楽し気に縄を切断した。

◇◇◇

ビックスとファルマは足を止め、視線を交わしていた。

――アナタは『鳳』の現状をどう思っているのか。

チームの今後を左右する重大な問いだ。

いつも甘いスマイルを見せているビックスは唇を引き締め、ファルマもまた普段の余裕ある顔をやめ、ハッキリと目を開いている。

十秒ほどファルマは無言だったが、ビックスは急《せ》かそうとしなかった。

生ごみを咥《くわ》えた野良犬《のらいぬ》がすぐ足元に近寄ってきて、過ぎ去っていく。油で汚れたカラスが地面を這《は》うように飛び、闇夜に消えていった。

Help me...

それさえも気に留めず、二人は沈黙に浸っていた。

ファルマが口を開いた。

「――実はねぇ、あんまり気にしてないかなぁ」

「え？」

「むしろねぇ、今も結構、居心地いいかもぉ。アーディさんには悪いけどねぇ」

口元を押さえ、身体《からだ》を揺する。自嘲するような複雑な色合いの笑み。

意図が分かりかねて、ビックスは小さく呻《うめ》く。

こちらを諭すような優しい声音が、ファルマの口から漏れた。

「ねぇ、ビックスくん、ファルマたちはねぇ――」

続きの言葉は、空からの悲鳴によって遮られた。

「ござあああああああああああああああああああああっ‼」

「――っ⁉」

二人は夜の空へ視線を向ける。

何か大きな物体が猛スピードでこちらに飛んでくる。

布団の塊だ。

反射的に避けようとするが、その布団からランの悲鳴が聞こえると足を止めた。

ファルマが鋭い声で「ビックスくん――‼」と指示を出した。

指示の前にビックスも動き出している。このままランを地面に叩《たた》きつける訳にはいかない。受け止めるしかない。

が、相手は推定五十キログラム前後の塊。普通の人間が直撃すれば死は確実。

それを理解しても尚《なお》、怯《ひる》まない。

ビックスには常人離れした怪力がある。

砲弾のように向かってくる布団の塊に、決死の覚悟で立ち向かう。全身の筋肉をフル稼《か》働《どう》。その背中をサポートするように、ファルマもまた腕を伸ばす。

衝突――ランを受け止めた二人は、一気に後方へ押されていく。

だが、さすがに支えきれなかった。

「「ばっふああああああああああああぁっ！」」

ビックスとファルマはまとめて後方にふっとばされた。

◇◇◇

——空き地にて。

「「「命中したあああああああああああぁっ‼」」」

アネット、リリィ、ジビア、モニカは喝采した。これまでの鬱憤が晴らされる心地の中ハイタッチをする。

クノーは呆《あき》れ返り、言葉を失っていた。

——廃ビル三階にて。

「今っ⁉　ランの悲鳴がっ⁉」「……っ！」

待機していたキュールとヴィンドもまた異変を察していた。

すぐにヴィンドは対応した。通信機を確認する。

「ビックスたちからの連絡もない……二手に分かれて捜索するぞ」

冷静に指示を下した。次々と連絡が途絶えていく仲間たちに嫌な予感を抱きながら、現場へ疾走する。

――近隣ビル屋上にて。

「「「布団の塊が飛んできたっ⁉」」」

双眼鏡でビックスたちの観察を続けていたサラたちは驚愕《きょうがく》していた。

まるで愛の告白でもするように見つめ合ったビックスとファルマが、突如空から降ってきた布団の塊に吹っ飛ばされた。まるで状況が分からない。

とにかく大変ことが起きていると認識する。

夢から醒《さ》めたように現実に立ち返る少女たち。

「な、なんなんすか⁉　『鳳』の人たちが突然攻撃を受けて……‼」

「でも何者なの⁉　『鳳』と闘っていた『堕落論』は既に壊滅したはずなの！」

「……おそらく、生き残りがいたのでしょう」

「えぇ、きっと仇討《あだう》ちよ。養成学校の退学者たちがきっとこの近くに――」

サラ、エルナ、グレーテ、ティアの順に分析の言葉を並べ、一斉に振り返る。

屋上の隅には、所在なさげに三人の男女が佇《たたず》んでいた。

「「「いたっ⁉」」」

「…………お前たちは本当、一体なんなんだ？」

アイスブルーの瞳の男が疲れたように首を横に振る。

そう、彼らこそ――養成学校出身の犯罪集団『堕落論』の残党である。

『処刑人』の追手を振り切り、一縷《いちる》の望みを懸けて、己の拠点だったアランクまで到達した。今晩港から国外へ逃げ切る算段で、出航の時間ギリギリまで身を潜めていたところ、屋上に怪しげな少女たちが現れた――それが事の経緯。

「ただ分かるのは……」

アイスブルーの瞳の男――改め『万雷』のギャラックは拳銃を取り出した。

「……ここでお前たちを生かして帰す訳にはいかないってことだ」

ギャラックたちは『灯』の存在など知らないが、近づかれた以上殺すしかない。

生き残るためならば、殺しにも躊躇《ちゅうちょ》はない。

養成学校時代では、最上位の成績を誇っていた。卒業試験に到達する前に道を諦めた身ではあるが、仮に試験に加わっていれば、上位六名を脅《おびや》かしていた実力者たち。

そして、その事実をサラは彼らから放たれる威圧感で察していた。

背中に伝う汗を感じながらサラが言葉を漏らす。

「まさかビックス先輩たちを一撃で倒すなんて――」

「その件は本気で知らん」

ギャラックはしっかり訂正した。

◇◇◇

身に迫る危機がティアに冷静な思考を取り戻させていた。

先ほどまでのバカ騒ぎが嘘《うそ》だったように、身体の熱は消え、現状分析に思考を回す。その上でさりげなく、エルナやサラを庇《かば》うように前へ移動した。

場所は逃げることのできない、ビルの屋上。

五階の高さから飛び降りて無事で済むような身体能力は、持っていない。

（っ、突然の危機ね……!?）

表情には出さないが、内心で歯噛《はが》みする。

目の前にいる三人は小声で会話をし、フォーメーションを確認している。アイスブルーの瞳の男は、ギャラックという名のようだ。

戦闘になれば分が悪い。

スパイ養成学校の男子は女子よりも格闘訓練に時間を割いていると、『鳳』から聞いていた。ギャラックとやらが格上なのはほぼ確実。

(こっちの四人は全員、格闘は得意ではないのよ……)

またティアたちは拳銃さえ持ち歩いていない。

背後ではエルナが「不幸……」と呟《つぶや》いている。そういえば、このビルを選んだのは彼女だった。『堕落論』が潜むビルを引き当てるという悪運が発揮されてしまったか。

腹をくくり、ティアが一歩前に出た。

できるのは、己の交渉で見逃してもらうこと。

しかし、こちらを今にも殺そうとする相手にどこまで通じるか。

両手をあげるティアに、ギャラックは銃口を向けてくる。彼が引き金に力を込めた時、

屋上の扉が再び開かれた。

「――っ、キュールさんっ⁉」

飛び込んできたのは、キュールだった。拳銃を構えている。屋上を駆けながら放った銃弾は、ギャラックの右腕を掠《かす》めた。

発砲音が夜空に響き渡った。

『堕落論』の連中が身構える隙に、キュールはティアたちを庇うような位置に立つ。

「良かった。怪我《けが》はないようね」

安堵《あんど》するような笑みを見せ、次にギャラックたちを鋭く睨《にら》みつける。

キュールの銃弾は、ギャラックの右手を狙ったようだったが、紙一重で回避されたらしい。右腕から薄《う》っすらとした血が伝っている。

その流れる血を彼はまずそうに舐《な》めとった。

「ふぅん、随分と早い到着だな……『怜悧《れいり》』のキュール。得意の地獄耳か」

「へー、詳しいね。今は違うコードネームだけど」

名前と特技を言い当てられても、キュールは動じない。

『堕落論』は、養成学校の在学生で結成された犯罪集団だ。『鳳』の個人情報はバレている。同校の構成員でもいたのか。

ギャラックは勝ち誇るように笑う。

「あぁ、全部知っているさ。養成学校時代は随分と目立っていたようだな。おかげで情報は漏れてんぜ」

拳銃を懐《ふところ》にしまい、眼鏡のブリッジを押し上げた。

「格闘能力は大したことないってなぁ‼」

屋上の床を強く蹴ってキュールとの距離を一気に詰めた。キュールが撃った銃弾は避けられ、無防備の顔にハイキックを食らわしてくる。

キュールが屋上の床を転がった。

サラが悲鳴をあげる。加勢に行こうとしたらしいが、グレーテに止められる。正しい判断だ。自分たちが加勢しても、ギャラックに敵《かな》うはずがない。中途半端《ちゅうとはんぱ》な助太刀は足手纏《あしでまと》い。しかも彼の背後では、『堕落論』の幹部二名が警戒に当たっている。

ティアたちは動くに動けなかった。

キュールはこめかみから流れる血を拭いながら、立ち上がる。

「……そうだね、ワタシ、全然大したことないかも」

「あ?」

「養成学校を出て、何度も思ったよ。本当にね、自信をなくしちゃうくらい」

威圧するギャラックに、キュールは言葉を紡《つむ》ぐ。

「特別合同演習で出会った女性だけじゃない。エリートグループでも更に別格はいて、落ちこぼれと言われていた人だってレベルが違う人もいる。ワタシ、大分ザコだよ」

「…………そうかもな」

ギャラックは頷《うなず》いた。自嘲するように口元が歪《ゆが》んでいる。

「上には上がいる。あまりに当然すぎて見失ってしまうくらいの常識だよ。結局俺が作った『堕落論』も瞬《またた》く間に壊滅した。俺が——バカだったんだ」

「ざまぁないね」

「でも初めは違ったんだ。スパイになってても死ぬだけって気づいてから、特別合同演習の最中に仲間を集めた。ただ自由に生きたかった。養成学校から逃げて、チームを組んだ。なんだってできる気がした。毎日が楽しかった。警察を騙《だま》し、ギャングを嵌《は》め、『あぁこんな簡単なことだったのか』って毎晩、仲間と肩組んで笑い合った」

「……けれど、上には上がいた」

「そういうことだ」ギャラックは肩を竦《すく》めた。「俺たちをバカだと嘲笑《あざわら》うか？」

キュールは首を横に振る。

そうか、とギャラックは溜《た》め息を吐《つ》くように言葉を漏らした。

「けれど悪いな。ここでお前を殺す。俺たちが生まれ直すために」

胸の奥が疼《うず》き、ティアは呼吸が苦しくなる。

会話の端々から感じるのは、彼らが紛れもなく自分たちと同じスパイ養成学校の生徒だった事実だ。等身大の自分たちだ。

『灯』の少女たちが陽炎パレスで笑い合う日々のように、彼らにも――。

だが、もちろん同情をしている場合ではない。

ギャラックから醸《かも》し出される殺気を肌で感じ取る。自分たちの息の根を止める気だ。

「勝手にやり直せばいいよ。ワタシは仕事をするだけだから」

キュールに一切の怯《ひる》みはない。

両手で耳にかかる髪を掻《か》き分け、そっと口にする。

「コードネーム『鼓翼《こよく》』――誉れ驕《おご》る時間にするから」

自身の名を宣言し、彼女は屋上を走り出した。

ギャラックたちへ向かっていく訳でもない。ティアたちを守るような立ち位置ではなく、屋上の扉の方向――北側へ駆ける。

ギャラックたちは不可思議な動きを始めたキュールに意識を奪われる。

彼らが懸念《けねん》したのは、キュールがこの場から逃げて救援を呼ぶこと。

それだけは避けねばならない、と示すようにギャラックは銃口を向け、他の『堕落論』の二名はなおティアたちを警戒する。隙はない連携だ。

キュールはほくそ笑んでいた。

（……思った通り死角が生まれた）

彼女の地獄耳と言えど、風が吹きつけるビル屋上で離れた会話を聞き取るのは至難の業。

しかし、そのやけに響く声は距離も風も物ともせずに届いてくる。

『おい、女ども。ここで何をしている？』『『『げ!?』』』『ヴィ、ヴィンドさん……』『さっき俺の仲間が三人気絶していたが？』『だ、誰の仕業でしょうかねー？』『……否《いな》。誤魔化すな』『……余程俺たちに喧嘩《けんか》を売りたいようだな』『いやいや、そんな訳──』『『『立案者はリリィです』』』『裏切られたっ!?　──って、あれ？　今銃声が？』『まぁいい。一つ手を貸せ』『『『ん？』』』『ちょういい代物があるようだ』

キュールは笑いを堪《こら》えるのに必死だった。

（本当におかしなチームで、楽しい『蜜月』だったな）

彼女は薄々察している。きっと、この任務が終われば『鳳』はディン共和国を発《た》つことになる。

一抹の寂しさを感じながら、勝利を確信する。

『堕落論』のメンバーたちは、屋上の外に意識は向いていない。おかしな方向に走ったキュールに気を取られている──その背後から来る危機に気づかずに。

（ねぇ、ヴィンド）

内心で言葉を送った。

（こんな奇襲が成り立つなら、キミなら殺さなくても済むでしょ？）

遠くから楽し気な声が聞こえてくる。

『『『二発目‼　はっしゃああああああああああああああっ‼』』』

狙いは完璧だった。

アネットが開発した『人間投げ機』は、クノーによって安定した兵器となる。モニカの計算とジビアのパワーにより狙いが定められ、リリィが勢いよく、発射のための縄を断ち切った。

今回投げた人間は、衝撃吸収マットも布団《ふとん》も未使用。

砲弾として豪快に飛ばされたのは、ヴィンド。

絶妙なバランス感覚で空中での姿勢制御は完璧、問題なく五階の屋上まで到達する。

音もなく降り立ったのは南側――ちょうど『堕落論』たちの死角。

彼らがヴィンドの存在に気が付くまで、一・三秒。あまりに致命的な遅れだ。

三人の人間がほぼ同時に、屋上の床に叩《たた》きつけられる。

神速のナイフで首を打たれた彼らは、首投げをされたかのように回転し、全員が背中から墜落した。受け身を取れなかった者は後頭部を強く打ち、意識を失う。

その光景をサラたちは間近で見て、愕然《がくぜん》とする。

「停止」と「移動」の連続、あまりに鋭すぎる緩急。

『焔《ほむら》』のメンバーから受け継いだという足捌《あしさば》き。そして、クラウスとの訓練で更に磨きがかけられた、身のこなし。

ヴィンドただ一人で、『堕落論』の残党たちは打ちのめされていた。

「…………………っ」

ギャラックはまだ意識があるようだった。

自分が何をされたのかも理解できないように目を剝《む》き、仰向けに横たわっている。倒れた衝撃のせいで身体《からだ》が動かないのか、取り落とした拳銃を摑《つか》もうともしない。

ヴィンドは彼を見下ろしていた。

言葉をかけることこそしなかったが、目線を離そうともしない。

「……お前はいいよな」

ギャラックは一度ヴィンドを見ると、全てを察したように呟いた。

「才能があってよぉ、在籍して一年足らずで卒業して、もうスパイとして認められてんだろ？　ホント羨ましいよ、あぁ、マジでなぁ」

彼らは同じ養成学校だったようだ。

「俺もお前みたいになれていたら、きっと――」

「……そうだな。環境や境遇が違えば、俺とお前の立場が逆だったこともあるだろう」

ようやくヴィンドが口を開いた。

ギャラックが意外そうに呻《うめ》き声を漏らして、身体を震わせる。

「だが――全部くだらないんだ」

冷淡な声が漏れた。

ヴィンドは興味をなくしたように歩き出していた。

「『落ちこぼれ』と蔑まれようが、可能性を諦めなかった連中を俺は知っている」

その言葉がどんな表情で紡がれたのか、ティアには見えなかった。

隣で穏やかに微笑《ほほえ》んでいるキュールの口元だけがやけに印象的だった。

◇◇◇

『堕落論』の問題が完全決着した頃、『灯』は忙しくなった。

四日間の短めな休暇を満喫している『鳳』の傍《かたわ》ら、国に潜り込んだスパイの追跡に時間を費やすことになった。そう、『灯』とて働いていない訳ではない。

『灯』と『鳳』の休みが重なったのは結局、蜜月期間の最終日。

いつもの談話室で『鳳』から『堕落論』の顛末《てんまつ》を聞いた。結局、全員囚《とら》われた彼らはしばらく拘留される運びとなった。直ちに命を奪われる訳ではないようだ。

「結果的に見れば――」

リリィが満足げに頷いている。

「我々『灯』が自由に暴れ回ったおかげで、生け捕りに成功できた訳ですね！」

「そんな訳あるか♪」

ビックスがキレ気味にクッションを投げつける。正面から人間砲弾を受け止めた彼だが、なんとか無傷で済んだらしい。

「でも間違ってないよぉ」

ファルマが間延びした声で宥《なだ》めた。

「本当はヴィンドくんが皆殺しにしちゃう予定だったからねぇ。よかったたんじゃない？同胞を殺すより、ずっといいよ」

クノーとランが腕を組みながら、深く頷いている。

ヴィンドが、ふん、と鼻を鳴らした。

「どうせ奴らを待つのは破滅だ。明日には銃刑に処されてもおかしくない」

「けど、生きられる可能性だってゼロじゃねぇんだろ」

ジビアが頭の裏で手を組んで笑う。

「才能もあったんだろ？　もしアイツらが本当に悔い改めてスパイを志すなら、国益にもなる。一パーセントでも生きる望みがあんならマシじゃねぇか」

これはクラウスが説明したことだ。

――スパイは、利用価値のある者を安易に殺さない。

――『養成学校の技術を犯罪に転用すれば、殺す』という掟《おきて》は脅迫の側面が強い。

もちろん『堕落論』の活動によって、被害者も生まれている。ギャング同士の抗争は自《じ》業自得《ごうじとく》の側面もあるが、軽くない罰が下されるのは確実だ。死刑の可能性だって依然ある。

アネットも『俺様は地獄の底まで追いかけます』とやけに真剣に宣言している。

ただ彼らに一縷《いちる》の希望が与えられたことは間違いない。

後のことは対外情報室上層部の判断に任せるだけだ。

そんな風に報告が済んだところで、リリィが立ち上がった。

「それじゃあ、始めましょうか！」

彼女は元気いっぱいに片手を天井に伸ばした。

「『鳳』、ゴーホーム‼　『灯』主催、『鳳』の送別会ですよおおおおおぉ！」

その宣言に賛同するように、拍手と雄叫《おたけ》びが沸き起こる。

◇◇◇

『鳳』が国外に発つ日が決まった。

結成から一年も経《た》たないチームながら、龍沖での任務や『堕落論』の任務で功績を挙げた彼らは、ある特別な任務を言い渡された。

『炮烙《ほうらく》』のゲルデの死亡理由の解明。

ディン共和国の諜報《ちょうほう》機関・対外情報室にとって、『焰』壊滅は最大の謎だ。しかし捜査したくても現在は『焰』が空いた穴埋めに精一杯。もっとも頼りになる『燎火《かがりび》』のクラウスは、別の任務で動かさねばならない。

白羽の矢が立ったのが『鳳』だった。

ボスである『飛禽《ひきん》』のヴィンドは、ゲルデと邂逅《かいこう》した過去がある。対外情報室の上層部は、生前ゲルデがいたというフェンド連邦での捜査を『鳳』に命じた。

以上のことは機密事項で『灯』には知らされていない。

少なくとも、彼女たちはしばしの別れが訪れたという認識だった。

◇◇◇

夜通しのバカ騒ぎが行われた。

食っては大声を上げ、飲んでは殴り合い、追いかけ回し、語らって泣いて笑って、そしてまた食べ、意味もなく夜空に向かって叫ぶ。

陽炎パレスの照明を全て灯《とも》して、庭にテーブルと椅子を置き、料理とドリンクを並べていった。当然『鳳』とクラウスのために酒も置かれている。『灯』の少女たちはアルコールを禁じられているが、中には顔の赤らんでいる者もいた。クラウスは「酒を飲んでいないはずなのに不思議なことだ」と何も考えないことにした。

　クラウスとビックスはワイングラスを片手に、昨今の国際情勢について語らっている。ランとリリィが食べ物を巡って、チェスで勝負を始め、ジビアがイカサマで支援している。厨房《ちゅうぼう》の方ではクノーが追加の料理を作っているらしく、サラとエルナがレシピをメモしている。ファルマはオリジナルノンアルコールカクテルを作って、アネットを懐柔し、ようやく彼女の関心を引くことに成功させている。早々に酒に酔っぱらったキュールは愚痴を吐いて、ティアに慰められていた。ヴィンドとモニカはサラの指導方針について対立しているらしく、舌戦に火花を散らしている。

　深夜を迎えた頃、キュールは三度目の嘔吐《おうと》をしていた。

　酒の飲みすぎだった。

　グレーテに背中を摩《さす》ってもらい、水を飲ませてもらうと、ようやく意識が覚醒する。勢いよくアルコールを摂取しすぎて、ティアの胸を揉《も》みしだき、クラウスに本気で嫌そうに「汚いものを見せるな」と避けられた。サラに思いっきり抱き着いて、ビックスとクノーに引き剝がされた。挙句の果てにモニカにゲロをかけてしまい、本気で腹パンチを食らい、そのまま庭の隅に運び込まれていた。

　グレーテは「……薬を探してきますね」と建物の方へ向かう。

改めて申し訳なく思っていると、隣にもう一人男がいることに気づいた。

「随分とはしゃいでいるな」

ヴィンドだった。

左手でカマンベールチーズの塊を豪快に掴んで、右手にワインボトルを握っている。

「……返す言葉もないよ」

「お前は酒が入ると本当に面倒くさくなる」

「うるさいなぁ……ヴィンドも介抱してくれるの？」

「まさか、ここが静かだからいるだけだ。お前は後からやってきた」

ヴィンドはつまらなそうにチーズを齧《かじ》り、そのまま豪快にワインボトルを傾ける。いわゆる、ラッパ飲み。ちゃぽんとワインが音を立てる。

「騒がしいのは好きじゃない」

視線を向けると、『灯』と『鳳』はテーブルの方に集まって何やら会議を始めている。

全員の頬が上気して見えるのは、酒のせいだけではないだろう。

ヴィンドはその輪には加わらないらしい。

その横顔をぼんやりとした心地で眺め、息をついた。

（……結局、ヴィンドが変わったのか、変わらなかったのか。分からないなぁ）

ずっと期待していた。

『灯』との日々でヴィンドが――『鳳』が変わることを。

しかし明確な変化は感じ取れなかった。

ヴィンドは、連携や対話を望まない意固地のまま。クラウスとの訓練で実力は向上しているが、仲間に対する態度は変わる予兆もない。

(うーん、この男、本当に何を考えてんだろ……)

尋ねれば教えてくれるのだろうか。

そう感じはしたが、声に出てきたのは「お酒ちょーだい」という別の言葉だった。甘えるように伸ばした手は、ヴィンドに「これ以上醜態を晒《さら》すな」と弾《はじ》かれる。

手を押さえながら、あはは、と仰向けに転がった。

アルコールで回らない頭でする質問ではないねー、と内心で笑う。

ちょうど月が天高く昇っていた。表面の凹凸まで見えるような、明るい月だった。檸檬《レモン》のような丸みを帯びた形。

「満月というには」キュールは呟《つぶや》く。「ちょっと欠けているね」

「いいや」

ヴィンドは飲んでいたワインボトルから口を離した。

「満月だ。どこからどう見ても」

「え、そうかなぁ」

「俺にはそう見える」

そのセリフは、キュールの脳の奥底から温かな思い出を呼び起こすものだったが、酩酊《めいてい》する頭では時間がかかりすぎた。

ゆったりとした時間を過ごしていると、二人の元にランが駆けつけてきた。

「ほれ、キュール姉さん、ヴィンド兄さんも」

「ん？」

「全員で陽炎パレスの壁面に絵を描く流れになったでござる」

ランの手には、赤いスプレー缶が握られていた。

視線を移せば、他の人間は陽炎パレスの外壁に沿って歩き、絵を描けそうな壁を探しているようだった。

「……クラウス先生は怒らない？」

「めちゃくちゃ嫌そうだったな」

「ダメじゃん‼」

「でも、ギリギリ許してもらったでござるよ」

彼が認めたというのは意外だった。陽炎パレスへの思い入れはかなり強いと聞く。ランに腕を引かれ、移動する。ヴィンドも渋々といった様子で付いてくる。

仲間は玄関すぐ横の壁をキャンバスと定めたらしく、ひしめいている。

描いているのは、伝説上の生き物だ。

その翼を一人ずつ描いていくらしい。

「次はエルナの番なの！」「ぼくは豪快に描きましょうか♪」「俺様っ、でっかく描きたいですっ！」「ファルマのスペースがぁ……ひどいぃ」

群がる仲間をめんどくさがるように、ヴィンドがスプレー缶を摑《つか》んで「そこをどけ」と口にして、クノーの背中を土台に跳躍した。

まるでナイフで切られたように赤く、鋭い線が引かれた。

「「「おおおおおおぉぉ」」」

謎の歓声があがった。

ヴィンドはキュールの隣に着地すると、スプレー缶を投げ渡してきた。

「お前の番だ」

「あ、うん………」

「どうした？」

「いや、こういうイベントに参加するのって意外だなって」

ヴィンドは不服そうに「……俺をなんだと思ってる」と目を細める。

まるで拗《す》ねたような反応に、つい笑ってしまった。

「ねぇ、ヴィンド。この絵さ、一か月かそこらで消えちゃうんだって」

「……そうか、ならわざわざ描く必要もなかったか」

「また描きに集おうね、全員で」

「…………」

何か言いたげに口を開くヴィンドから視線を外し、キュールは完成していく絵をじっと見つめた。

クラウスが絵を描くのを認めたのは、二つの事情だろう。

一つはそれが一か月程度で消えてしまう塗料だったから。

そして、もう一つはそれがただの落書きではなかったから。

火の鳥──『灯』と『鳳』、二つのチームが混ざり合い、連帯した象徴。

その伝説は誰もが知っている。

不死鳥――それは誰も死ぬことなく再び戻ってくるための、祈りの絵。

追想⑤『円空』のアーディ

「えー、ヴィンドくん、ヴィンドくん」

「………なんだ？　わざわざ俺の寝室まで来て」

「ボスであるあたしからほんのちょっとアドバイスがあります」

「黙れ、口を閉じろ。俺に話しかけるな。まっすぐ帰れ」

「冷たすぎない⁉」

「……まぁいい。で？　なんの用だ？」

「月！　月を見てください」

「は？」

「アレはどんな月に見える？」

「……三日月だが？　どう見ても」

「外れ、満月です」

「あ？」

「だって太陽が当たらなくて見えないだけで、月はずっと真ん丸じゃん。欠けて見えるだけ。天体望遠鏡で見れば、陰だって見えるはずだよ」

「……言葉遊びでもしているのか？　お前の言葉通りなら、この世界から『半月』や『三日月』という概念は消えるんだが」

「いやいや、聞いてください。これは人生にも通じるの。年上として、ほんの少しアドバイスを──」

「……機密文書で洟《はな》をかんだ女から受けるアドバイス？」

「その件は本当にごめんっ‼」

6章　ハネムーン・レイカー

口に入った土の触感が気味悪く、ヴィンドは目を開けた。

湿気を含んだ土を吐き出すと、黒い血が混じっていることに気が付いた。呼吸が問題なくできることから、消化器系の臓器が傷ついている、と見当をつける。他にも左腕からも出血が夥《おびただ》しいようだ。全身の痛みが自身の意識を覚醒させてくれる。

（……長い夢を見ていたな）

両足で立ち上がりながら、たった今自分に降りかかった出来事を振り返る。

頭の中に流れたのは『灯《ともしび》』との交流期間。直近の記憶を掘り起こしたのだろうか。

ファルマが『灯』に任務のヘルプを頼んだ時、ランから報告を受けた美術館での戦闘、クノーとは完全別行動だった『堕落論《だらくろん》』との抗争、ビックスとの暴力込みでの対立、そして『灯』の送別会で見た月。

最後には、アーディの記憶さえ思い出させてくれたのだから、趣がある。

（やはりな……）

ヴィンドは自嘲する。

さすがに己に起きた現象の名くらいは知っていた。


（――これが走馬灯というやつか）


命の散り際に見る、突発的な回想。

理性は知っている。己はもうじき死ぬのだ、と。

だから脳細胞をフル活動させ、過去に打開策はないか模索する。記憶全てを検索にかけ、生存の望みを探す。そんな人間の本能が走馬灯と呼ばれる現象の正体らしい。

しかし都合のいい方策は見つけられなかったようだ。

目の前の男から逃れる術《すべ》はない。

――夜闇の中に佇《たたず》む、三本の右腕を持つ男。

己の長身をすっぽり覆うような黒いコートを羽織っている。顔はそのフードのせいでよく見えないが、特徴的なのは三本の右腕だ。太い傷だらけの右腕、機械的な光沢を纏《まと》う、二本の義腕。かなり重そうに見えるが、男は軽々と振ってみせる。

彼は立ち上がったヴィンドを見つめると、身体《からだ》を揺すった。

「こうも圧倒してしまうとは。やはり我は時代が生んだ英雄という訳か」

陶酔するような声音で口にする。

「――あぁ、引退が遠ざかる」

ヴィンドはこの男の名は知らない。

コードネーム『黒蟷螂《くろかまきり》』――ガルガド帝国の謎多き諜報《ちょうほう》機関『蛇《へび》』の一員。

『鳳《おおとり》』を壊滅に追いやった主犯である。

◇◇◇

悲劇を迎えたのは、フェンド連邦での任務中だ。

『鳳』はこの地で活動したと思われる『炮烙《ほうらく》』のゲルデの足取りを辿《たど》っていた。多くの謎を残して消えた、伝説のスパイチーム『焔《ほむら》』のメンバー。その原因を解明するべく、ヴィンドは記憶を頼りに彼女と最後に出会った集合住宅を特定した。

ヴィンドは彼女のアジトと思われる、建物を探った。

彼女の目撃情報は他の仲間に集めさせ、自分は地下室に繋《つな》がる出入り口を探した。当時利用していた出入り口は既に塞がり、別の入り口を探す必要があった。時間をかけて地下室に辿り着くと、そこで世界の裏側で動いていた、最悪の計画を記す資料を発見した。

すぐに仲間に連絡した。

深夜『鳳』が拠点としていたフラットハウスにメンバーを集めた。ビックス、クノー、ファルマ、ランが次々にやってきて、後はキュールを待つのみとなった。

キュールは集合時間に遅れ、必死の形相でやってきた。

「皆！　今すぐに――っ」

言葉はそこで途中で止まった。各々《おのおの》が別行動で任務に励んでいた『鳳』は、彼女が何を伝えたいのか見当もつかない。

しかし、それを気味の悪い殺気と共に理解する。

「――【演目1番】」

まずクノーが爆死した。

窓を突き破って投げ込まれた爆弾に向かって、真っ先に彼が抱くように飛びついた。全員が呆気《あっけ》に取られている間に、爆弾は彼の腹の下で炸裂《さくれつ》した。一目で致命傷と分かるほど彼の下半身を破壊し、内臓とも脂肪とも分からない肉の塊が床に散った。

「…………是《ぜ》」

彼の顔をずっと覆っていた仮面が割れ、口元だけを覗《のぞ》かせる。微《かす》かに笑んでいた。

「クノー兄さんっ⁉」

ランの絶叫が響く中で、ヴィンドたちは行動を開始していた。

何者かが自分たちを襲っている事実を理解する。すぐに廊下に飛び出した。廊下には既に拳銃を構えた、工作員の姿があった。身なりからＣＩＭの人間だと予想する。

彼らは自分たちを捕らえようとしているのではなく、直ちに抹殺しようとしている。普通のスパイに対する対応とは異なる。

だが、屋内ならばヴィンドが絶対的な力を発揮する。

開けられた扉や柱を遮蔽にして銃弾を避けながら、壁や床を蹴って跳躍するように移動。直ちに肉薄し、敵の頸動脈《けいどうみゃく》をナイフで掻《か》っ切る。

建物の外に出た後も激しい銃撃戦が続いた。

自分たちは五十人以上の敵によって包囲されていた。

優秀な指揮官がいることは間違いなかった。闇から「――【演目17番】」という女性の声が響く度に陣形が変わり、飛んでくる銃弾の角度が変わる。逃げる方向は先回りされ、潜もうと近づいた建物には人が事前に配置されている。

雨霰《あめあられ》のように撃たれる銃弾は直撃こそ免《まぬが》れても、確実にメンバーの肉を削《そ》いでいった。

それでもヴィンドたちは退かなかった。何人もの敵の息の根を止めながら、闇の中へ逃げる。ヴィンドが九人、ビックスが七人、敵を屠《ほふ》った。

川まで辿り着いたところで次の手を打った。

「ラン、お前は行け」

「待ってくれ。ヴィンド兄さん、拙者は――‼」

抵抗の意志を示すランを、キュールが背中から川に向かって突き落とした。確実に一人は生かし、情報を伝えなければならなかった。

ランを逃がした後も、戦闘は長く続いた。

包囲から突破できるまで一時間以上を要した。キュールの地獄耳によってルートを選択し、敵を狙撃し、殺した敵から銃を奪い、また敵を殺した。身体に付着する血が自分のものか、他人の返り血なのかも分からない。

川を北上していくと、プラムの木が並ぶ果樹園のような場所に到達した。管理する者がいないのか、荒れ果てて、地面に落ちた熟れた果実をカラスが貪っている。電灯はなく、月明かりだけが静かに辺りを照らしていた。

追ってくる者の気配はようやく消えた。

だが、それでも距離を稼がねばならない。ヴィンド、ビックス、ファルマ、キュールの順番で川を上る。

撃たれた右肩を押さえているビックスが苦し気に言葉を漏らした。

「どれだけ殺したんでしょうか、一体コレ、なんなんですかね♪」

先を歩いていたヴィンドは頷《うなず》いた。

「キュール、お前は何か知っているようだな。一体何が――」

ちょうど振り向いた時、その現場を目撃する。

――最後尾にいた、キュールの首から赤い血の花が咲いていた。

軽い身のこなしで現れた者が、まるで踊るような滑らかな動きで波刃のナイフを振るい、静かにキュールの命を刈り取っていた。月光をまるでスポットライトのように心地よさそうに浴び、ギザついた歯を見せ「ぎゃはっ」と嗜虐《しぎゃく》的な笑みを見せる。

「狂《きょう》ッ！　瀾《らん》ッ！　怒《ど》ッ！　濤《とう》ッ！」

両肩を大きく露出させた、少女が笑っている。四肢が長く、しなやかな身体つきだ。両肩から伸びる雷のような傷跡が不気味に浮き上がっている。

「って、感じぃ？　ぎゃははっ。まさか『ベリアス』から逃げ切るとはねぇ。あー、案外使えねぇ、アイツらぁ」

また別の敵に先回りをされていたと気づくと同時に、別の方向からも声が届いた。

「遊ぶな、翠蝶《みどりちょう》」

凄《すご》みのある声だった。

プラムの木の陰から巨軀《きょく》の男が登場し、こちらに飛び掛かってくる。大きさの割には俊敏な体捌《たいさば》き。右腕が振るわれた。コートで覆われた右腕から何かが突き出し、ヴィンドとビックスを同時に攻撃する。

二人は咄嗟《とっさ》に身を引いたが、右腕から伸びる何かの方が速かった。

「ビックスくん！　ヴィンドくん！」

ファルマが鋭い声をあげた。

男の右腕から伸びていたのは、更に二本の右腕。金属のような光沢を放っている。義腕で間違いないだろう。

二本の義腕がヴィンドたちの喉元スレスレを通り、そのまま空振りする。

ヴィンドはファルマの襟元を掴《つか》んで、多腕の男から距離を取った。

「……攻撃を外した？」

多腕の男は不思議そうに言葉を漏らした。

「いや、『外させた』のか……？　面白い、我の身体を操ってみせるか」

ファルマは己の身体の動きで、相手の注意や関心をコントロールする術《すべ》を有している。

彼女の働きによって、初撃を凌《しの》いだようだ。

「だが、そんな手品でいつまで我に抵抗できる？」

多腕の男は三本の右腕を動かしながら、殺気を放ってくる。

空気が冷え込むような感覚を通して、ヴィンドは相手の力量を推し測る。ＣＩＭの者とは格が違うことは明らか。体力も武器も消耗している状況で闘える相手ではない。

「逃げるぞ」

ヴィンドは咄嗟に決断を下した。

殺されたクノーやキュールを想《おも》うと、熱い憤怒《ふんぬ》が湧き起こるが、それ以上にスパイとしての理性が最善手を導き出す。

巨軀の男とは真逆の方向へ身体を動かした。

翠蝶と呼ばれた少女は、それを読んでいたように先回りし、拳銃を構える。

「ギャハハッ、そんな真似《まね》できると思ってぎゃふえへぇ――？」

煩わしい声を途中で止める。

「――邪魔だ、女」

放たれる銃弾を避け、一瞬で距離を詰めた。

相手に反応される暇さえ与えない。身体《からだ》の重心をズラし、瞬間移動と見紛《みまが》うような速度で三メートルの距離を跳躍でゼロにする。

四回連続で使用した足捌《あしさば》きで、彼女の喉元にナイフを到達させる。

「今の動き……」翠蝶は目を剝《む》いている。「……『炮烙』？」

ナイフは、彼女の喉の皮を切ったにとどまった。

敵もまた凡庸な輩《やから》とは異なるらしい。ヴィンドが全快ならば仕留めることもできたろうが、一時間以上の戦闘は体力を奪っていた。

翠蝶の腹を蹴り上げ、追い払っているうちに多腕の男に接近される。

「下がっていろ、我が本気を出せねばならんようだ」

まだ十メートル以上の距離がある。義腕の届く間合いではなかった。

この距離を生かしてビックスが足止めするように拳銃を放つ。銃弾は過《あやま》たず、多腕の男の脳天に飛んでいく。

しかし脳に直接揺さぶられるような、怪しい声が耳に届く。

「天下無敵の掃討だ――《車輣斧《しゃてつのおの》》」

ヴィンドが息を呑《の》んだ瞬間、勝敗は決していた。


黒蟷螂の義腕《車輣斧》は、彼が十年以上の歳月をかけて開発した兵器だ。

ムザイア合衆国で英雄願望に囚《とら》われた男は、武器を開発することに執心した。

開発には多額の費用がかかることを知ると、スパイとなってガルガド帝国へ行き、活動資金を横領することを思いつく。白蜘蛛《しろぐも》に勧誘を受け『蛇』のメンバーとなった彼は、ガルガド帝国の諜報《ちょうほう》機関からも資金調達を受け、己の義腕を完成させていた。

巨躯の彼でしか扱えない機械の腕は、切断、放火、絞殺《こうさつ》を得意とする。

最も恐るべき機能は――衝撃波。

超高温と超高圧で引き起こされる水蒸気爆発により、微粒な砂鉄と爆風を前方に放出。

銃弾の方向さえ捻《ね》じ曲げ、全てを破壊し尽くす。

まず、その衝撃波を食らったファルマとビックスが同時に吹っ飛ばされた。

ビックスが伸ばした右腕がひしゃげていき、ファルマの身体が血だらけになっていく。

咄嗟に身を引いたヴィンドもまた巻き込まれる。

距離があった分、体勢を立て直すことができた。

だがヴィンドが頭をあげた時には、仲間は失われていた。

黒蟷螂が左手で放った弾丸が、ビックスの身体を撃ち抜いていた。彼はファルマを守るように覆い被《かぶ》さったようだ。だが、次の弾丸はファルマの身体を貫いた。

「哀《かな》しいことではあるが──」

黒蟷螂が嬉《うれ》しそうに言葉を漏らす。

「──これも我の役目だ。あぁ、ガルガド帝国民の期待が我の双肩《そうけん》に圧《の》し掛かる」

「…………っ」

理性が焼け落ちそうになった時、再び黒蟷螂の右腕が振るわれる。

二度目の衝撃波。

ヴィンドの身体は再び弾《はじ》き飛ばされていた。ナイフでガードすることもできない。銃弾さえも通じない。防ごうとして伸ばした左腕の皮膚がめくれ上がる。

浮かび上がった身体は後頭部から墜落する。脳が揺さぶられ、全身から力が抜けていく。

連戦のせいで体力も限界に達していた。

地面に這《は》いつくばり、口に入った土の味に顔をしかめ、己の死を覚悟する。もはや立ち上がる気力さえ湧かなかった。

黒蟷螂は「まだ生きているか」と意外そうに呟《つぶや》き、その事実が更に彼を陶酔させるようにウットリと独り言を述べている。


――月に右腕を伸ばした。


ヴィンド自身、なぜそんな行動をとったのか分からない。西の空に沈み行こうとする上弦の月。触れるはずもない。しかし彼は摑めるような気がしたのだ。

「とうとう錯乱したか」

黒蟷螂が気の毒そうに口にする。

「この国にはこんな言葉がある――月をかき集める者《ムーン・レイカー》。池に映った月を熊手でかき寄せる愚か者――まさに今のお前ではないか」

鼻で笑った後、そっと歩み寄ってくる。

「月を摑もうとした者よ、我が息の根を止めてやろう」

不気味に伸びる、二本の義腕が輝いた。まるで主人から命令を与えられたことを歓喜するように蠢《うごめ》き始める。彼が最大出力でヴィンドの肉体を破壊する気なのは明白。

そんな危機であろうと、ヴィンドは月を見つめ続けていた。

やがて力尽き、眠りに落ちるように意識が途切れる。

そして見たのだ——走馬灯を。『灯』との日々の中、見上げた月の神々《こうごう》しさを。

◇◇◇

遥《はる》か格上の強者と相対するのは、初めてではない。

肉体に刻まれた傷跡が、彼の身体に熱を与えていく。

——『炮烙』のゲルデ。

二年前フェンド連邦の地で、海軍情報部時代のヴィンドに訓練を施してきた彼女は、ヴィンドを数日間一方的に痛めつけた後、ある願いを与えてきた。

「クラ坊の手助けをしてくれねぇか？」

幼少期、命を救ってくれた恩人でもある彼女の言葉。

「お前は見込みがある。いつの日か、それこそクラ坊と並べ立てるくらいには」

――『燎火《かがりび》』のクラウス。

ゲルデが名前を挙げた男は、助けなんて要らないのではないかと思える程の強者だった。

一か月間全力で襲おうとも傷一つ与えられなかった。

「任務が終わったら、また陽炎《かげろう》パレスに戻ってこい」

送別会の夜、彼は優しい声音で告げてきた。

「また歓迎してやるさ、僕の友人として」

◇◇◇

「…………くだらない」

口から漏れ出たのは、そんな言葉。

逆手でナイフを握りしめる。最後の力を振り絞るように立ち上がる。

『灯』との蜜月を思い出した時、アーディとの一時に想いを馳《は》せた時、そして強者との出会いを噛《か》み締めた時、視界が晴れた心地がした。限界を超えて身体を動かしていく。

「……まだ闘うか」黒蟷螂が愉快がるように笑う。「悪くない。圧倒的強者相手だろうと、最後まで足掻《あが》いてみせるか。天下無敵の我が褒めてやろう」

戯言《たわごと》に付き合う気はなかった。

最後に残った煙幕を放つと、駆け出し、プラムの木の幹にナイフで素早く傷をつける。ディン共和国のスパイのみ読み取れる暗号。翠蝶と呼ばれた少女、そして、多腕の男の情報とメッセージを残した。

煙幕は数秒の時間稼ぎにしかならなかった。

黒蟷螂は攻撃に備え、身構えたらしい。やがて振るわれる義腕の風圧が、煙幕を吹き飛ばしていく。場所を移動させたヴィンドに視線を向け「何が目的か」と呟いた。

ヴィンドはナイフを手の中で回し、構え直した。

「月をかき集める者《ムーンレイカー》――とお前は言ったな？」

「ん？」

「ご高説だったたな。そんな言葉、とっくに知っていたが」

「そうか。つまらん時間に付き合わせたな、許せ」

「いいや、愉快だった。貴様のマヌケぶりがな」

黒蟷螂が苛立《いらだ》ったように顔をしかめる。

それを心地よく感じ取り、ヴィンドは頬を緩めた。

「お前は月をかき集める者《ムーン・レイカー》という言葉の由来は知らないようだな」

相手を煽《あお》るように、その逸話を語る。

「夜、悪人が密輸品を運び出していると、誤って池に落としてしまった。慌てて熊手でかき集めていると、運悪く税務官が通りかかり声をかけられてしまう。悪人は慌てて水面《みなも》に映った月を指さして『池に浮いているチーズを集めているんだ』と誤魔化した。税務官は『月をかき集めようとは、なんて愚か者なんだ』と大笑いし、その場を去っていった」

一息に語ってから、ヴィンドは余裕をもって告げる。

「つまり逆なんだ」

「……」

「本当の愚か者とは、月を集めようとした者を笑った者なんだよ」

「…………っ」

己の勘違いを悟ったのか、黒蟷螂の身体が悔しそうに震えた。

「……だから、どうした？　どのみち、お前が死に体なのは変わらん」

声から余裕がなくなっている。強さを有しながら、いや有しているせいで挑発には乗りやすい節があるようだ。

「貴様には理解できないさ」とヴィンドは口にする。「月を摑《つか》もうとした俺の心など」

説明しようとも思わなかった。

ヴィンドが求めた月が——アーディと見上げた月が——『灯』との送別会で見た月が——そして、落ちこぼれたちと過ごした蜜月が、彼にもたらした力を。

「俺たちはスパイだ。情報を——生きた証《あかし》を誰かに託して死んでいく」

「妄言を抱いて失《う》せろ」

堪《こら》えられなくなったように黒蟷螂の義腕から衝撃波が放たれる。

タイミングを読み、ヴィンドはそれを紙一重で回避していた。

既に二度も見ている。黒蟷螂自身には何の怪我《けが》もない以上、衝撃波は後方には飛ばないのは明らか。踏ん張らなければならない以上、急な方向転換には対応できない。また連続には扱えない。

得意の足捌《あしさば》きで衝撃波が届かない範囲に回り込む。

黒蟷螂は動じなかった。

「誰でも思いつく対策だ」

身体を反転させながら、義腕を振るう。たとえ衝撃波を放てなくても、《車轍斧》は斬ることも絞めることも容易に行える。

黒蟷螂がヴィンドにカウンターを合わせようとした時、彼の身体が揺らいだ。

「――っ⁉」

それは投石だった。

意識外の角度から音もなく飛んできた拳ほどの大きさの石が、彼に直撃する。

ヴィンドには石が投げられた瞬間が見えていた。

（ビックス…………！）

まだ彼は息を残していた。

ファルマは己の命を捧《ささ》げながら技術を駆使し、ビックスの寿命を僅かに延ばしていた。

彼は命潰《つい》える最後のタイミングで、己の腕力だけで奇襲攻撃を成功させた。

連携と呼ぶには、未熟すぎる。

しかし黒蟷螂に生まれた一瞬の隙を、ヴィンドが逃すはずがなかった。

「コードネーム『飛禽《ひきん》』──噛み抉《えぐ》る時間たれ！」

黒蟷螂の義腕をかい潜《くぐ》り、雷鳴が如《ごと》き速度でナイフを突く。

狙った喉を貫くことはなかった。

寸前、黒蟷螂は攻撃を諦め、回避と防御に全力を注いでいた。右腕の機械部分でナイフを受け止める。金属同士がぶつかり火花を散らした。

黒蟷螂が呻《うめ》く。

何かが砕ける音が響いた。

「……《車轍斧》が…………！」

右肩と機械を繋《つな》ぐ接続部分にナイフが突き刺さり、二本の義腕が落ちる。

黒蟷螂は愕然《がくぜん》とした表情で後方に倒れる。ナイフでの追撃があれば、さすがの彼でも命が危ういようだ。

しかし、すぐにある事実に気づいたように、深い息をついた。

ヴィンドは既に息絶えていた。黒蟷螂の義腕から飛び出た刃《やいば》は、彼の腹部を深く切り裂いていた。彼の身体は崩れ落ちるように倒れていく。

◇◇◇

ある境地に到達した者にしか分からない感覚がある。

ディン共和国の伝説のスパイチーム『焔』は、その状態を『心に炎を灯す』と表現した。だが彼ら自身、それが何を意味するのかは説明できない。スパイとして飛躍的成長を遂げた時、理解できるとしか言い表せない。

クラウスは十九歳の時点で、『蛇』の一員『銀蟬《ぎんぜみ》』との闘いで到達した。

モニカは十六歳という若さながら、フェンド連邦の任務で到達した。

『飛禽』のヴィンドもまたこの時、その境地に到達していた。

『黒蟷螂』の武器は破壊され、修復に時間を要した。

この『鳳』の功績がなければ、『灯』の任務の結果は大きく変わっていた。モニカは殺され、クラウスもまた機関車内で襲撃され、両腕を拘束されていた彼は敗北していたかもしれない。

◇◇◇

純白の世界にヴィンドは立っていた。

白く明るく美しく、そして何もない空間。気づけば辿《たど》り着いていた。

死ぬ寸前に見ている幻覚か、と彼は判断する。あまり細かく考えはしなかった。どうでもいいことだと吐き捨てた。

白い虚空《こくう》に向かって尋ねる。

「……俺の選択次第で、避けられた未来と思うか？」

微《かす》かな惑い。

ビックスに言葉をぶつけられ、迷いが生じなかった訳ではない。

無限のIFが頭を過《よぎ》る——もっとビックスと手を取り合っていたら——『鳳』の他の奴《やつ》らの言葉に耳を傾けていたら——まるで『灯』の連中のように仲間と笑い合っていたら——あるいは『堕落論』のようにスパイという道を諦めていたら——。

自分たちには多くの選択肢があった。『灯』や『堕落論』が見せてくれた。

しかしヴィンドは選ばなかった。選べなかった。

「いいや、違う。奴らはまるで分かっていない」

強く言い切る。

連携しろ、とビックスに窘《たしな》められる度に、胸に湧き起こる苛立ち。その理由はハッキリと言葉に出せた。

「――『鳳』は完璧だった。改めることなど、何一つない」

このままでよかった。

『灯』のようにはなれないし、なるべきではない。自分たちには自分たちの形がある。

アーディを失った後、『鳳』は全員が奮闘した。ヴィンドは実力を高め、他のメンバーも技術を磨いた。大きな欠落を埋めるように時に喧嘩《けんか》をし、時に挑発し合い、任務に臨んでいった。ビックスは最後までヴィンドに喰《く》らいついてくれた。

何も欠けてなんかいない。アーディの魂は受け継がれ、月は丸くあり続けている。

「『鳳』は完全無欠のスパイチームだった」

その断言に彼女は――いつの間にか目の前に立っていた女性は――『鳳』を作り上げてくれたボスの女性は――かつて迷惑をかけられっぱなしだった『円空《えんくう》』のアーディは――まるで早い再会を残念がるような、それでもずっと待ち望んでいたような、やはり再会の嬉《うれ》しさを隠しきれないような、複雑な表情を浮かべた後に、静かに笑った。

「大正解だよ、ヴィンドくん」

自分こそが上司だと主張するように、ちょっと偉そうな口ぶり。
どんな文句をぶつけようかと考えながら、『飛禽』のヴィンドは瞳を閉じていく。

あとがき

お久しぶりです、竹町《たけまち》です。

『スパイ教室《きょうしつ》』の短編集の3冊目。『鳳《おおとり》』と『灯《ともしび》』の交流期間を描いたものです。大胆な手法を用いました。というのもセカンドシーズン全体の展開を考えると、『鳳』との日々はしっかり描写した方が相応《ふさわ》しく、本来はこれを本編6巻にした方がよろしいのです。しかしその場合、本編の勢いを著しく削《そ》いでしまう。悩んだ末の結論が「本編で書くべき『鳳』との日々を丸々カットし、短編集で発表する」という手法でした。ドラゴンマガジンで短編連載できるファンタジア文庫ならではの強みですね。

……まぁ、私が個人的に「これ、すごくない⁉」と感じているだけで、他の作家さんは当然のようにやっているのでしょうが。

以下、各エピソードのコメントです。

「caseファルマ」&サラ編。本編より短編の方が活《い》き活きしているお姉さん。楽しい。

「caseラン」&モニカ編。ござるござる。他に言うことはない。

「case クノー」&アネット編。短編集03で一番のお気に入り。この組み合わせ、好き。

「case ビックス」&グレーテ編。グレーテをクラウス以外の男と会話させたかった。その上で、もう一度クラウスと向き合ってほしかったエピソード。

「case キュール」総勢十五人が自由に動き回る、めちゃくちゃな短編。とにかく賑《にぎ》やか。エルナ浮遊事件の犯人は当然すぎて、もはや誰も取り合わない。

「ハネムーン・レイカー」言わずもがな、ヴィンド編。間違いなく『鳳』の中心人物。作中でも描かれていますが、彼がいなければフェンド連邦での任務成功は有り得なかった。

以下謝辞です。トマリ先生。6巻のあとがきでも触れましたが、これほど子細に『鳳』というチームを描けたのは、最初の読者であるトマリ先生が彼らの存在を認め、完璧なデザインに起こしてくれたからです。重ねてお礼を申し上げます。そして『鳳』を愛してくれた多くのファンの方もありがとうございます。SNSで見かけた応援コメントが、この短編集を書く強い後押しになりました。

次回の短編集は、フェンド連邦での任務前後の物語になるかと。過酷な任務の直前、最中、そして後始末。本編9巻の方が先になる予定ですが、絶対書きますのでお楽しみに。

……ほら、『彼女』の新たな受け入れ先を決めなきゃいけないんですよ。ござる。

竹町

富士見ファンタジア文庫

スパイ教室《きょうしつ》短編集《たんぺんしゅう》03

ハネムーン・レイカー

令和4年10月20日　初版発行
令和5年6月15日　4版発行

著者――竹町《たけまち》

発行者――山下直久

発　行――株式会社KADOKAWA
〒102-8177
東京都千代田区富士見2-13-3
0570-002-301（ナビダイヤル）

印刷所――株式会社KADOKAWA

製本所――株式会社KADOKAWA

ISBN978-4-04-074728-6 C0193 ◆◇◇

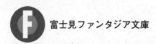